不远的远方：西藏

索朗仁称/著

成都时代出版社
CHENGDU TIMES PRESS

图书在版编目（CIP）数据

不远的远方——西藏 / 索朗仁称著. -- 成都：成都时代出版社，2019.9
ISBN 978-7-5464-2392-0

Ⅰ. ①不… Ⅱ. ①索… Ⅲ. ①故事－作品集－中国－当代 Ⅳ. ①I247.81

中国版本图书馆CIP数据核字(2019)第081124号

不远的远方：西藏

BUYUAN DE YUANFANG XIZANG

索朗仁称　著

出 版 人　李若锋
责任编辑　龚爱萍
责任校对　张　巧
审　　定　达娃扎西
封面设计　许天琪
装帧设计　成都原创动力
责任印制　李茜蕾

出版发行　成都时代出版社
电　　话　（028）86742352（编辑部）
　　　　　（028）86615250（发行部）
网　　址　www.chengdusd.com
印　　刷　四川翔川印务有限公司
规　　格　142mm×210mm
印　　张　7.25
字　　数　140千
版　　次　2019年9月第1版
印　　次　2019年9月第1次印刷
书　　号　ISBN 978-7-5464-2392-0
定　　价　48.00元

目　录

西藏：远方的代名词（代序）

曾经，用文字，用双脚，漫游西藏。

所以，几位朋友写了几本试图从不同的方向进入西藏、理解西藏，并且言说西藏的书，就要我来写一段开场的文字。应承下来，心里却有些不安。因为西藏这个话题总是过于宏大，谈论宏大的话题有很高的风险：流于空泛和似是而非的风险。

在人尚未站立在这个世界上的时候，因为两大板块的冲撞而隆起的青藏高原便覆盖着冰雪，高峻地耸峙很久很久了。公元六七世纪以来，青藏高原上的人群不断争战、汇聚和交融，最终形成了独具特色的统一文化。藏语典籍称自己的居住地在“雪山栅栏”中间，称这些创造，或者认同了藏文化的人们为“黑头藏民”。从此，青藏高原这高旷峻奇之地，便以独具的文化特性引起了世界的关注。只不过，因为这块高地如此远离海洋，如此关山阻隔，这种关注，更多是一些猜测、一些想象。

今天，很多人去了西藏，开放的西藏也期待着外界各个方面的不同程度的介入与了解，这种介入与了解也正日益深入，但是，整个西藏文化的面貌，不管是从研究的层面，还是传播的层面，都还是一个巨大而且神秘的存在。当我们对某一方面有所了解时，就会发现，这种了解，往往只是揭示了一个更加广泛而神秘的存在。它的宗教、它的政治、它的经济、它的习俗、它的地理、它的历史、它的人群，都还是一个巨大的静默。于是，越来越多的人急切地希望明白，这种有些深刻的静默到底意味着什么。

西藏的存在有时像一个标本的存在，与别的民族今天的生活相比照，让人明白，在文明进程中，我们得到了什么，又失去了什么。并进一步思考，这种得到与失去，对于人类文明来说意味着什么？当然，这是学术层面的思考。

而对大多数从传说中认识西藏、从书本上阅读西藏、用旅游的方式进入又离开了西藏的个体来说，西藏的意义，便就有了无数的别解。而西藏宽广的地域、西藏遥远的人群——那些在河谷里种植青稞，在草原上放牧牛羊的藏族人——仍然沉默着。这种沉默里有着听天由命的味道，甚至有点轻蔑的味道。这两种味道混合起来，让很多知道敬畏的进入者怀疑自己：我真的进入了吗？这种沉默让所有试图对西藏某一方面有所诠释、有所抒发的人，不由得对自己的努力感到几丝疑虑。

我曾经写过一篇短文——《西藏是形容词》，其中有两段话可以抄录在这里：

西藏就是一个形容词化了的存在。对于没有去过西藏的人来说，西藏是一种神秘；对于去过西藏的人来说，为什么西藏还是一种神秘的似是而非的存在呢？你去过了一些神山圣湖，去过了一些有名无名的寺院，旅程结束，回到自己栖身的城市，翻检影集，除了回忆起一些艰险，一些自然给予的难以言明的内心震荡，你会发现，你根本没有走进西藏。因为走进西藏，首先要走进的是西藏的人群，走进西藏的日常生活。但是，当你带着一种颇有优越感的好奇的目光四处打量时，是绝对无法走进西藏的。

西藏之所以这样形容词化，根本的原因还在于，许许多多的进入者并不打算扮演一个人类文化学者的角色。他刻意要进入的就是个形容词，因为日常状态下，他太多的时候就生活在太多的名词中间，缺少了诗意，所以，必须要进入西藏这样一个巨大的形容词，接上诗意的氧气袋贪婪地呼吸。

有一位科学家说：一株树无法像人一样对所处的环境感到好奇。换句话说，人这种动物总是对自身所处的环境存有强烈的好奇心。现代文明的特征之一，便是使与人类相关的环境不断扩展。如今，我们说到环境，不再是指一个村落、一个城市，而是所有的远方。既然这些远方都在地球的大气圈中，那么，这些远方也就是我们的整个环境了。于是，很多时候，在中国许多具有浪漫情怀的人的心目中，西藏便成了这个远方的代名词。而远方本身又是个含义丰富的指称：比如，神秘；比如，不可能中的可能。

是的，这就是西藏，被渲染着，还将被继续渲染的西藏。

是的，这就是西藏，被诠释过后，仍让人觉得从未被诠释的西藏。

这个西藏，便是抵达以后才觉得难以企及与深入的所在，现代人更看重过程中的体验，而不太斤斤计较于结果。我想，更多也是用各种形式进入西藏的过程体验，而不是要宣称这种探究获得了盖棺定论的成果。而且，对于大多数文学阅读者来说，重要的正是体验，而不是严格的学术意义上的发现；重要的是这个地理框架中的人的行动与感受，而不是地理上的抵达。

最后，需要指出的是，当大多数人说起西藏，并不是指行政上的西藏自治区，而是文化意义上的西藏，这便是地理学意义上的整个青藏高原。写下这本书的朋友，所曾涉足与涉笔的，便是地理学意义上的西藏。阅读之后，读者也许觉得就此接近了这片雄奇的高原，也许觉得西藏一下被推到了比原来更远的远方。如果出现这样的结果，读者也不要失望，因为，言说西藏与进入西藏一样，也是一种刺激的冒险。

西藏成为一个巨大诱惑的原因，便正在这个地方。

阿来

引言：人与神的世界

这是一条色彩缤纷的河流。藏民族的先民们用精神和灵魂筑就了它永恒的河床，藏传佛教用厚重的人文历史汇聚成势不可挡的主流，古老的本教是最初的船夫，装满咒语和巫术的船舱在锈色的夕阳下与横跨欧亚的白令海峡和斯堪的纳维亚半岛的萨满教遥相呼应，主宰着藏地和欧亚人的生存意义走向。

当驱动本教这艘船的船夫从半人半神的支流走到狭窄的入口处时，不得不臣服于滔滔的主流。他们几经挣扎，几经拼杀，于沉重的无奈中终于醒悟，天命是不可逆转的。

你要是从松州古道走向青藏，你要是沿着险象环生的川藏河谷翻越令懦夫胆战心惊的二郎山，以及更远更高的群峰，你要是纵马驰过扬名国内外的羌塘草原，也就是说，无论你从哪条道走向西藏，你身旁都铺满了神秘的六字真言。先圣们创下的这六个字，寄托了一代又一代人的真心祈求和期待中的愿望。当你置身于浓烈的佛教文化中时，你会发现，那些装下了宇宙和大地真相的寺庙里、随风飘动的经幡上、诱惑灵魂的咒语里，闪耀着远古的光亮。唵嘛呢叭咪吽，用什么样的文化也参不透的这六个字，不同文化阶层的人士——剽悍的牧人、辛勤的耕夫，都相信六字真言具有无穷无尽的力量。

不管你翻越铺冰盖雪的山巅，还是踽踽独行在幽深的峡谷，流淌着藏传佛教的这条彩色河流里飞溅的浪花都免不了要濡湿你的鞋面。你要是穿上文化织就的泳衣，戴上历史构件造就的潜水镜，游进藏传佛教文化的清流中，这股清流是绵软的网，更是坚韧无比、容量无比的神奇力量，一个人的前世和难以猜测的来世都在它的掌握中。

权欲吧……

利欲吧……

在博大的藏传佛教中都是小丑般的作为。普度众生是指辽阔的世界，一个人，从精神到肉体到灵魂是个奇妙的世界；一群人，又是一种纷繁喧闹的世界。我们中的每一个人都需要善的普度，都需要道德的牵引。

藏传佛教这条承载历史从远古汇聚而来的河流，是那么的不可阻挡，它悠然自得地穿越国界，穿越时空，穿越五大洲四大洋，它从佛教中来，却又独树一帜，在今天的美国、法国、日本、俄罗斯、加拿大等等大小国家，无论是穷乡僻壤，还是富甲一方的土地上，都有它的踪迹。

中国的对外开放政策，把藏传佛教从神奇的东方推向了世界。当如织的游人移步其间、神游其间，顿时就会产生踏古悠远的奇妙感觉，如果留意圣洁的万里穹窿，那里朵朵飘浮的白云间佛光笼罩、妙音绵绵，那里是神界的小憩之地，是诸佛恣意闲适的世界。你要是放眼游览，就会看见阿底峡、莲花生、释迦牟尼、观音菩萨、宗喀巴，还有一代枭雄松赞干布也纵马其间，而文成公主玲珑精巧、镶嵌了无数奇珍异宝的轿车在九匹健驹的齐心协力之下，紧随藏王而行。那些智者，那些大师，人人满腹经纶学识广博，人人身怀绝技降妖伏魔有术，是他们打开了封闭的藏域，是他们创下了藏传佛教光芒四射的基业。

善男信女们，你要是以十二万分的虔诚注目佛的身影，你就将获得这些大师和高僧们的护佑，让你旅途顺利、心存善意、前程无限，来世更是风风光光。如果某个地方有块石子从天而降打在你头上或身上，那是神对你的惩罚，因为你心存罪过，打破你的皮囊，是为了放出罪恶的血，让你的灵魂新生。

在西藏，你要用心去听，用心去看，用心去读，用心去嗅，用心去走，才能真正感受到藏民族佛教文化的厚重和精妙，否则，你的游历将是对光阴的浪费。

第一章 源自远古的彩色河流

逆流而上，这条流淌佛教精神的河道自然就把你引入距今2600多年的公元前6世纪……从这条河道的创造者释迦牟尼掘开被世俗尘封的智慧泉眼起，关于生生死死的色彩便翻卷着神秘的浪花缓缓而又源源不断地淹没着一个世纪又一个世纪的漫长岁月。

藏传佛教文化博大精深，囊括无限。

深　又神秘的佛教，是我那些浪迹草原的祖先们赖以生存的精神支柱，且经久不衰。我常常仰望着诸神游乐的穹窿自问：我的灵魂是什么？

我的舅爷喇嘛

20年前我曾经翻过海拔5300多米的阿拉色尔山，穿过浓密的森林，走向一面白色的峭壁，峭壁下有个树皮为顶、树枝为墙的窝棚，那里住着我那93岁的舅爷喇嘛。他在那里住了整整13年，每天面对终年积雪的山峰，默默地背诵经文。家里的人一个季度给他送一次食物，我的父亲和爷爷曾经劝过他，就在寨子近处的山岭上找个地方修炼，家里人也好多给他一些照顾。老舅爷什么也没说，仅缓缓地摇摇头。舅爷是个奇人，他认定的事情是有根由的，不会随意改变，家里人只好由着他。我走拢窝棚，放下背上的糌粑酥油和大茶，舒舒服服地伸了个懒腰。舅爷正在烧茶，见我来了，脸上顿时堆满了慈爱。他撩起袈裟的下摆，替我擦去脸上的汗。舅爷最喜欢我，他曾经说过我是贵人转世。高寿的舅爷面色红润，眼神深邃，行步如风。我从来就认为舅爷是个谜，要解开这道谜，非我莫属。我和舅爷共进了晚饭，舅爷糌粑和酥油吃得很少，他吃的大多是随手从窝棚周围扯来的野生植物，而且都不是我所熟悉的野菜。他用泉水煮这些野生植物，最多放上一点清油，我吃过他煮的这些东西，清香扑鼻，一点也不难吃。太阳被西边的山峰吞掉一半的时候，天地已是一片铜锈色。我趁着最后的夕晖，尽情地观赏大自然的巧妙构成。老舅爷选的这个地方妙不可言：窝棚正面是巍峨的雪峰，两侧和背面的山势极像一把椅子，窝棚正好端卧在“椅子”当中，苍松翠竹密密实实地掩蔽着雄峻的群山。绝妙的是距窝棚几米远的凹处有眼清澈甘甜的泉水。老舅爷真会选地方！他说他过去也从未到过这个地方，是他打卦测的方位。自1284年西藏的第一个转世活佛攘迥多吉在贡塘转世后，延至1815年，年仅11岁的九世达赖隆朵嘉措在布达拉宫暴亡，为宣扬格鲁派，嘉庆皇帝传旨驻藏大臣，十世达赖的转世灵童的认定必须经过“金瓶掣签”的手续，方能认定。我读过有关藏文史料，当时的噶厦和三大寺派出的人在今天的四川藏区找到三个灵童，舅爷的爷爷有幸成为其中之一。

三大寺的高僧分别让三个灵童辨认九世达赖用过的神像、铃杵、念珠和餐具，我那位祖先败在最后对餐具的辨认上。他千不该万不该拿错了那双银筷子，据说高僧们最初对我那位老祖辈寄予了很大希望，因为仅从外表的灵性来看，在三个灵童中，就我老祖辈领灵气之先。分把钟的光景，命运却就此裁定。

一位最权威的高僧意欲把祖辈带走，他说这孩子虽说不是佛爷转世，也是一代上师转化而来。没想到冥顽不灵的祖辈那瞬间突然疯狂了，狠狠地在高僧手上咬了一口，死活不走，通向高深和神奇的道路就让他这一口咬得了无踪影。舅爷的爷爷来自上层，又走向上层，只是途径不同。他集合血性男儿，持枪跃马，东奔西杀，终于成为统领一方的土司。

舅爷的爷爷聪明至极，属下三个部落八个寨子，几乎每个部落和每个寨子都有守备的女儿或姐妹成为他的老婆，他不看辈分，更不管别人的脸色或说法，他只看重脸蛋和由此到手的权力。他用鸦片、金银去收买这些守备身边的贴身仆人，那些可怜的地方长官们，几乎所有的言行都在他的掌握中。小天地太平了，他的时光更多都消耗在纵欲和打猎上，这一点与中原一带历朝历代的皇帝极其相似，基本上都是千辛万苦、伤痕累累地打下江山，气喘均匀了，立马就被阿谀奉承的行家里手们拖进骄奢淫逸的陷阱。在脂粉的浸淫下，身子很快就被掏空，转眼就死于非命。他老人家后来吸上了鸦片，数毒攻身，当他成为活着的干尸时，终于大彻大悟，及至五岁的舅爷被选中并顺利通过金瓶掣签成为活佛，在高僧们的簇拥下离开家乡后，他便心满意足地撒手归西。

我那当了一辈子人民教师的父亲不止一次地给我讲过，传说舅爷出生那天，有两道彩虹伸进了帐篷，天上细雨蒙蒙。舅爷在两岁时口齿就伶俐得超过大他两三岁的孩子。跟着大人进了几次寺庙，居然就能背诵成段成段的经文。格尔底寺的活佛见了我舅爷，容颜生光，他轻轻地摩挲着舅爷的头，连连说这娃娃是贵人转世，将来不得了。

父亲还说，当喇嘛前的舅爷胆子特别大，两岁骑羊，三岁骑狗，四岁骑马，而且敢在马背上倒立。如果他不进寺院，无疑是热尔草原上划时代的英雄。

过早地体现智慧，导致了他人生旅途的过早定向。在世俗和智慧的十字路口，他走进了智慧的草丛中的小路。

扎达托林寺的活佛圆寂，又一轮寻访灵童的机构精心组成了。这些道行高深的人在拉萨西北的圣湖里测出了我家乡的寨子。按图索骥，一路寻访而至，首先从民间传说中收集灵异孩童的传说。此时此刻，关于舅爷这孩子如何聪明、如何怪异的种种故事潮水般涌进高僧们的耳朵。幸运的舅爷顺利入选。

舅爷这回给祖宗的牌位镀上了金光。接下来无论是金瓶掣签还是凭隔代的记忆从众多物件中信手准确地选出上一代活佛的法器和用具，舅爷顺利地过了这些关，最终拿下了“冠军”。

最初的舅爷因童心未泯，留恋广阔的草场和翠绿的山峰，留恋那些朝夕相伴的可爱的动物，是他父亲苦口婆心地给他讲了三天三夜关于自己亲身经历的失败，以此劝他听从命运的安排。行将就木的老人说他在生活中在打斗中得到了莫大的胜利，要死了，再回头一看，仿佛只活了一天，看所拥有的一切，都是空的。他老人家虽已风烛残年，但那时阴时阳的神态还是把舅爷镇住了。

舅爷坐床成了活佛，每天的时间都打发在学功课和诵经上。舅爷的老师是个有名的智者，艰深晦涩的经文，在他深入浅出、旁征博引、妙趣横生的讲解下，舅爷很快就坠入知识的海洋中。

舅爷的老师在临终时告诫舅爷，在他中年以后会有几年的磨难，要舅爷在磨难中不要消沉，要透过那层冷灰的表面用心去听、去嗅、去品，就会感受到他所面临的不是磨难，而是走向觉悟的阶梯。

舅爷五十多岁时“文化大革命”开始了，狂热中疯狂的人们把活佛推上批斗台，还给他戴上高帽了，高帽子上写的是“封建迷信的传播者”，接着舅爷就作为反动的迷信传播者被投进监狱。无论是挨打还是挨骂，舅爷都保持了心神如一，老师告诫在先，舅爷心明如镜。

我为今天的人们而羞愧，为利而搏，为利而奸，少了份旷达，少了份纯净。

舅爷成了劳改队的一员，管教给他发了个能盛三十公斤物品的尖底背篼。劳改队要修一段河堤，他和所有的犯人每天要做的事就是背土、背石头。舅爷背得很认真，每次他都叫人装到极限。装的人很奇怪，别人都想偷懒，这个老喇嘛到底是咋回事？其实他们不懂，他们永远也弄不懂一个活佛灵魂中的深奥。舅爷把劳动改造当作一次苦修的机会。舅爷同监舍有两个狱友，与他年龄相当，一个姓裴，是英语教授；一个姓蒋，是日语教授。三个老家伙劳动之余居然都对语言产生了兴趣，于是，舅爷教他俩藏文，裴教授和蒋教授则教舅爷英语和日语，几年下来，舅爷俨然成为精通三国四种（藏汉）语言文字的专家。

从劳改队释放后，舅爷回到家，没多久，舅爷的身份得以改正，接着寺庙也恢复了，散居在民间的喇嘛们也三三两两地回到寺庙，大家请舅爷依然登宝座，他谢绝了，他打卦择了个地方后，收拾了简单的行李，在侄儿们的护送下，翻山越岭到了阿拉尔山深处，开始了清苦的修炼。寺庙里请来个大喇嘛当家，舅爷的房子和座位却没人敢动，因为舅爷是金瓶掣签的活佛，是前世真身转世，在这座寺庙里排名居首，是没人能替代的。

曾经有个乡长，前呼后拥地率了一干人马找到舅爷，要舅爷替他算命，如果命中有碍，还求舅爷化解。舅爷每天都按照自己的生活习惯度日，对乡长一伙视而不见。乡长是个霸道的人，在乡里说一不二，老实的书记反倒被他呼来唤去。乡长除了对上级点头哈腰，下面的人谁要是得罪了他，捆绑吊打罚款推倒房子都是他随心所欲的事。

乡长却不敢对舅爷使坏。舅爷是佛爷，是菩萨，乡长是凡人，凡人是不能与菩萨抗衡的。乡长一伙就在山坡上搭帐篷，每天人喊马嘶，满坡屙屎屙尿，浓烟弥漫柴灰飞舞，把个清静的环境弄得污秽不堪，大有得不到活佛的允诺决不收兵之势。

乡长每天死乞白赖，舅爷依然故我。

第七天，迎着落日的余晖，舅爷终于把眼睛睁开一条缝，两股灼人的光打在跪在他面前的乡长脸上，乡长禁不住一阵战栗。

舅爷收回目光，遥望远山雪景，自言自语地说，是灾是福，一切随缘。

乡长请佛爷告诉他今后能不能升官发财，他反复念叨的就这两层意思。

舅爷最后说了一句话，做善事吧。

舅爷顾自入定，再也不理他。

乡长一伙第二天一早就离开了，他们前脚走，我后脚就到了。我问舅爷乡长来做啥，舅爷叹口气，给我说了乡长来的目的。舅爷长叹一声，对我说，这个人恶性太重，只有三个月的阳寿了。后来的事实证明了舅爷预言的精确，就在舅爷预言后的第三个月，乡长突发高烧，紧接着浑身溃烂，县医院束手无策，送到成都的医院，也说不出个究竟，最后在一声比一声弱的号叫中死去，死后人蜷成一团，舌头伸出老长，整个形状像条狗，死相很惨。

这是报应。

舅爷让我把乡长留下的食物全抛撒到山坡上，让鸟兽和昆虫共享。舅爷说乡长横征暴敛的东西应当归还给大自然。

话题又回到二十年前我给舅爷送食物那次，没想到那次竟然是永别。

那天的舅爷很安静，话语也比往日多。他对我说：“索朗啊，你的性子中显出太多浮躁，你要学会静，静能争取主动，对理清思路特别有好处。思路清了，就像树子的根须一样，你就可以到你想知道的很多领域去，这么一来，一辈子该怎么活，你心里就有底了。”

我问他老人家，一辈子就在袈裟中度过，老了，还到无人烟的深山折磨自己，不觉得苦吗？

舅爷笑了，眼里蓄满了睿智的光芒，他慈爱万分地摸摸我的头顶，说：“什么叫苦，什么叫乐，这是没有界限的，苦即是乐，乐即是苦。今天不是有人把佛教称为思想吗？能成为智者的活佛，在人世的有限光阴中，每时每刻都在想，想什么是命、什么是运，这两者有什么关联，索朗啊，命和运，这两个字或许一辈子都不能想清楚。”

睡了一夜，走时我按往常的习惯给舅爷打了个招呼，舅爷却拉往我，坚持要送我一段，过去舅爷是从不送人的。他送我送了很远，一直送到就要翻越的山峰脚下。舅爷的反常使我感觉到似乎要发生什么，可回到家里也没想通到底会发生什么事。

回到家，我把舅爷的情况一说，首先是爷爷沉默，半晌，他才沉重地说：“他要走了。”

爷爷说的走了就是去世的意思，我们都不信，第二天我和几个表兄弟又翻山越岭去证实爷爷所说。当我们一接近舅爷的窝棚，那景象令我们戛然止步。窝棚周边的树上歇满了各种颜色的鸟，都叽叽喳喳地叫个不停，地面上有狼有豹有獐子有麂子兔子等动物，它们都发出类似呜咽的声音。舅爷却不见了，一点痕迹都没留下。

最神奇的是，有两道彩虹从远远的天上伸到了舅爷的窝棚顶。

舅爷踩着彩虹回家了。

还 愿

十多年前，我在阿坝州的文学期刊《草地》当编辑，记得是初夏季节，大家聚在好朋友谢扎家里，喝酒品茶聊天。第二天是星期天，张明山提议大家约上去郊游，他说把吃的喝的买足，再背上两支小口径步枪，到卓克基沟里或是红苕沟，找块青青的草地，选两个枪法好的去打点野鸡野兔之类的野味，好好地玩上一天。谢扎说他去不了，他和阿康要到康猫寺去还愿。

我问谢扎还什么愿，他笑笑，说，这些东西，信则灵，不信则不灵。

我心里一动，我说明天我也有事，改日再同各位钻山沟。我们三人不参加，第二天的郊游也就泡了汤。

当晚回到家，我给谢扎打了电话，告诉他明天我跟他们一起去。

谢扎明显地迟疑了几秒钟，最终还是同意了我的要求。

梭磨河从鹧鸪山脚下开始，在刷马路口扭头一转，超出了人们的习惯性思维，它是由东向西流的。我们从阿坝州州府马尔康出发，逆流东行，走了八十多公里就到了位于半坡的康猫寺。康猫寺的地形非常好，三面环山，正面临河，而且群山连绵，给人以温驯祥和的感觉。

康猫寺是阿坝藏区格鲁派的寺庙。

路上，谢扎和阿康都给我讲了所许愿的内容。谢扎的老婆经商，去年倾尽家有，并在银行贷了笔款，买了六十斤虫草，那几年虫草价格起伏很大，稍有不慎就会赔个惨痛。谢扎有两儿一女，两个儿子都面临高考，小女儿也要进高中了，这以后用钱的地方就多了，他老婆本身是牧民，过去在草原牧牛，挤点奶卖。上级领导给谢扎的老婆解决了农转非，牛卖了，跟着丈夫过起了城里人的生活。这个草原来的女人越活越别扭，到建筑工地打工，到饭馆或招待所打下手她都干过，挣不了两个钱还累个半死。

她时常在丈夫面前怀念辽阔的草原，怀念扯直了喉咙无羁无绊地悠扬放歌的日子。孩子一个接一个地长大，家庭的经济却捉襟见肘，于是开了个小卖部，小打小闹地赚点钱贴补家用。

儿女们的学习成绩偏偏又好得要命，而且口气很大，非要考上名牌大学，有机会还想出国求学。儿女争气，谢扎非常高兴，背着子女又时常忧虑重重，考上名牌大学，意味着经济上的开销将成倍增长。夜深人静时，两口子常常拥被长叹。谢扎非常后悔给老婆办了农转非，要不然这七八年把家里的牛羊好好饲养一番，到现在至少也该有百把头牛、几百只羊了，起码得值五十万左右。当初真不该图那个虚名。后来谢扎两口子盘算了一阵，决定冒次险，做笔孤注一掷的生意，于是就通过草原上的兄弟姐妹，低于当时市场收购价买下了六十斤虫草。老婆告诉他，做生意离了佛爷保佑是不行的，并且告诉他，在康猫寺的密宗室里许愿特别灵验，要他一定去。

最初谢扎怕招来非议，要老婆自己去，偏偏老婆告诉他，康猫寺的密宗室是严禁女人进入的。谢扎把这事当作烦恼讲给阿康听时，没想到阿康也有此意。阿康的儿子从四川师范大学毕业，不想当教师，一心想进公安机关。阿康的老婆也怂恿阿康到康猫寺许愿。

于是，两个大男人便偷偷地到康猫寺各自许了愿。

谢扎说也怪，老婆做那笔虫草生意异常顺利地赚了十来万。阿康说他儿子很优秀，用人单位对儿子很满意，一路绿灯了却了儿子的心愿。

其实，他们许的愿都是根据节约的原则许的，每人两大包马茶、十多根哈达，投入不到两百元。谢扎说，我和阿康办成的事情，运气太好了，看来没佛爷保佑不行。接待我们的是位堪布，非常热情，他说活佛出国到加拿大探亲去了，如果他在，肯定会亲自出面迎接贵客的。

我绝对相信堪布所说，从他眼里，你看不出哪怕丝毫作伪。

谢扎和阿康向堪布交付了去年许下的供品后，我们进了密宗室。

密宗室在数栋庙堂中算是低矮的，四周是回廊，里面是绕密宗室一周的转经筒。里面的酥油灯常年不灭，堪布让手下小和尚点上所有的酥油灯，于是室内烟雾袅袅，主神位上和两侧的神位上的格鲁派上师神像的姓名我都没记住，唯独记住了一尊女神像。这尊女神的原形是当年雄踞黑水县的大头人苏永和的夫人，俗称芦花太太的塑像。据说她去世后上天界归了神位。

密宗室里供了尊女神，却偏偏不准女人踏进一步，是什么原因呢？我问堪布，他笑笑，两掌手心向上摊开，做个歉意的手势，压根儿就不回答我的提问。

我只能理解为他有难言之隐。

谢扎和阿康又到神像前三叩首，眼睑微合，蠕动的嘴唇念念有词。他俩又许下了新的愿望。

该说的说完了，每人向功德箱里塞了五十元人民币。要想知道梨子的滋味，就得亲口尝尝。为了知道格鲁派密宗室里许愿到底灵不灵，起码得许一个。

我正要上前，堪布朝我躬躬身，悄悄说，许愿心要诚，一定要诚。

这堪布的眼真毒，他似乎知道我心里所隐藏的游戏成分。这时阿康也对我说，心不诚要遭报应。

我当然不愿遭到任何报应，为了心诚，我先得静心。为了真正做到心静，我到室外绕着房子转那些印满经文的转经筒。

我边转边数，七七四十九遍后，我的心绝对地抛却了杂念，我十分虔诚地走进密宗室，站在神像前，行了三叩首的礼，双手合十，默默地求佛保佑我。保佑我什么呢？转那四十九圈时我就想好了，保佑我能顺利地发表我刚杀青的一部中篇小说，大约九万字，写红军的。红军在我的家乡甘寨有过近半年的停留，我那无比狡猾无比聪明的爷爷肩负着守备官寨的幕后管家一职，居然又当上了乡苏维埃主席。他的故事动人而曲折，信手拈来就是八九万字。仪式完了，倏然间，心底升起一种前所未有的感觉，至今无法用文字准确地描述，总之是那种有触感、有嗅觉、有温度、稠乎乎的感觉，我倾尽身上所有的六百元人民币，毫不犹豫地塞进功德箱。堪布和他身后的喇嘛连连对我说，索朗先生，佛爷会记得你的，佛爷会保佑你的……

在堪布的带领下，我们在大殿、经堂等处转悠了半天，堪布不厌其烦地给我们介绍这座寺庙，他说几百年来在各种教派的争斗中，在宗喀巴大师的努力下，格鲁派是怎样走向辉煌的。

寺庙拥有的文物和珠宝之类有价值的东西不少，历时几百年的唐卡，其价难以估计。唐卡素有东方油画之誉，有不少文物贩子倒卖唐卡发了大财。堪布告诉我们，去年从青海流窜来一伙盗贼，每天混在香客中踩点，一个月黑风高的夜晚，盗走了价值上百万的珠宝、金佛、唐卡。

寺庙报案后，公安机关查了很久，查出是流窜作案。活佛说，我负责找到盗贼，到时请你们去抓。后来活佛择时打卦，弄清了盗贼是青海人，其中一个还是有相当权势的官家子弟。公安机关将信将疑地循着活佛所指侦查，后来果然就抓到了罪犯，追回了被盗文物。

堪布的故事很玄，我不愿品评其真伪，何必呢，任何人都有炫耀自己的欲望，身在佛界的堪布也不例外。更何况格鲁派打卦的准确性古来有之，我非常虔诚地颔首微笑，表示了我的绝对信任。

次年，我的小说在《西藏文学》顺利发表，是许愿灵验呢，还是我的小说质量本身打动了编辑，我也说不清楚了，许过了愿，事情成了，就要还愿。如果一时半会儿去不了也得在冥冥之中向佛爷做个交代，延时再去。我几乎拖了两年才又去康猫寺，我自己驾车去的，我没买任何东西，我想把许下的供品折合成钱，这对寺庙或许更好，他们已有堆积如山的茶叶，我再添上几包也没什么意义。

我又向庙里捐了五百元，然后又去许了个愿，这个愿只能我知神知，秘不示人，待应验后我还得去康猫寺。

第二章

那座寺 那尊佛

之所以把寺庙称作诺亚方舟，概念出自佛教的普度众生。普度众生是广义的，人们对生活的疑问，对灾难产生的悲哀，对误入歧途的惭愧，寻求缘分的答案，都在寺院里寻求释义。

藏区的寺庙很多，大大小小遍布所有的牧区和农区。这些寺庙大多历史悠久，都有各自不同寻常的经历，伴随着民众的喜怒哀乐，伴随着英雄的史诗，伴随着历朝历代显赫人物的悲喜剧，在毁灭中挣扎，在挣扎中辉煌，又在辉煌中衰弱，然后又是崛起，就这么周而复始地运转着。

一千多年前在藏区发扬光大藏传佛教的松赞干布恐怕做梦都没想到，那么多的寺庙会有集体蒙难的一天。如果来自尼泊尔的尺尊公主和唐王朝的文成公主在天有灵，或许就会后悔当年带释迦牟尼佛像入藏。不幸之中的万幸是，在群众和各地有识之士的极力保护下，僧众虽被赶走了，庙宇殿堂在特殊年代却较为完整地保存了下来，为佛教文化的重新恢复留下了希望。

好在噩梦不长，亘古未有的闹腾很快宣告结束，事实证明，深入人心的佛教文化是人力无法摧毁的。光明磊落的中国共产党在很短的时间里就落实了党的宗教政策，为受到迫害的佛界名流平反昭雪。

姜飞鸿

我要说的这个人没有上书，他的故事正史更无记载。无记载并非就是虚构，民间版本有其真实的一面，至于水分则是老百姓根据自己的想象和需求进行的合情渲染，当然，合情不一定合理。

故事得于偶然。1985年，当时我在阿坝州理县地方志办公室工作，为了解理县喇嘛寺的历史，我到位于半山腰的寺庙去搞民间访问。理县寺庙隶属格鲁派，也就是15世纪初开始兴旺的格鲁派。寺庙有座名列亚洲第二、高达19层的佛塔，佛塔毁于20世纪30年代的战火，以后的篇章我还要专门提到。

我曾刻意绕着佛塔废墟走了一圈，估计占地二十来亩，废墟如山，可见当年的规模。据说建这座塔用了断断续续十来年时间，没想到一把火就烧个精光。听老人们回忆，1935年的初冬，那火光照亮了二十里外的柯多寨。火光持续了三天三夜，周围的人们眼睁睁地望了三天三夜。

成长与死亡，悬殊如天地。

就在乱石堆的废墟旁，一个沉默的老人坐在一块青石板上，老人很瘦，脸上的皱纹与坚硬的峭壁无二。他低头看着脚下的土地发呆。老人穿了身黑色的亚麻织就的长衫，腰上缠了根麻灰色的腰带，腰带做工精致，排列的几何图案错落有致，头上是白布头帕，似乎在为谁戴孝。老人身旁的青石板上还放了个洗得发白的军用挎包，里面鼓鼓囊囊的。

老人有戏。

我估计，老人要是愿意揭秘，足可以让著名导演张艺谋拍成一部有望再获金熊大奖的国产故事片。

我不凭空杜撰，单看老人虽瘦却棱角分明、腰板挺直的身形就可以想象出他年轻时的强健，再看那纹丝不动的身姿，你不得不承认他曾经有过非常丰富的人生阅历。

我做出随意的样子靠上前，在距老人半米的地方坐下。

老人根本不因我的出现而受干扰。

我的动作是常人惯常的动作。我望望天，又看看地，做作地长叹一声，自言自语，这塔要是在今天，该是多么诱人的一处旅游胜景啊！

老人依然那么专注地盯着除了几根杂草外什么也没有的地面。

不至于又聋又哑吧？

我干脆走到老人正面蹲下，近在咫尺，就算他害青光眼也能看得见我的轮廓。

我说，老人家，在这儿休息啊？

明知是废话，可不得不说。

老人缓缓地抬起头来。

当我与老人对视时，我的心震撼了。老人的眼睛没有我想象的浑浊，那眼底深处闪射出一股能穿透任何阴谋诡计的光来，打在我脸上，刺痛感顿时传遍全身。

老人说，打断别人的思索是一种野蛮的掠夺。

不聋，也不哑，而且张口就显出文化力度。老人说得在理，我歉意地连声说对不起。为了讨好，我赶紧掏出兜里的红塔山香烟。

老人没拒绝我的敬奉。他接过烟，在手里把玩一阵。我用打火机给他点上，他深吸一口。我也给自己点上一支，一口吸下，呛得我满脸红涨。老人说，不会吸就别吸，凡事不能硬充。

我向老人做了自荐，职业习惯地说开关于历史正在遗失的话题。

老人对我的职业发生了兴趣，他对我说，小伙子，这个工作好，积德。

后来我和老人越谈越投机，知道了老人在几十公里外的另一处山寨居住。老人姓白，十六年前他到这里来过，也在这块青石板上坐了两个多钟头，然后起身离去。谁也没有注意他，谁也不会去注意一个衣着平常的乡下人，因为这里的过客太多。佛讲缘分，我和白姓老人的巧遇就是一种缘。

老人告诉我，他在1949年后到喇嘛寺来过一次，他不是来游玩，而是来凭吊一位故人，他的上司和挚友。老人还告诉我，他今年八十二岁了，或许是最后一次到这里来，与挚友相聚的日子不会太远。短暂的言谈已足以让我知道老人深厚的文化功底和丰富的阅历。老人凭吊的友人绝不是一个平凡的人，如果他愿意讲……八十二岁的老人了，尽管看外表与实际年龄起码相差二十岁，尽管老人身板硬朗，我却不忍心扭着老人讲他的心酸事。

太阳当空了，火辣辣的阳光刺得我头皮发烫，老人看我的狼狈样，宽厚地提议到十几米外的皂角树荫下。到了树荫下，老人掏出了挎包里的东西，一大坨卤麂子肉，一瓶紫红色的药酒，一把刀口闪着寒光的腰刀。老人把麂子肉一剖为二，递了一半给我，又拔去瓶塞，仰脖子就是一大口。老人说这酒是他自制的药酒，喝了强身壮骨固本补精，配方是祖传的，他准备到他这代就让它失传。麂子肉又软又香，入口满嘴生津，我从没吃过如此上口好吃的卤肉。那酒更绝，入喉后，一股柔柔的苦味夹着微甜在舌尖上留下久久不散的余味。

我同老人在皂角树下待了两个小时，短短的一百二十分钟，老人给我讲了个惊心动魄的故事。

老人的挚友姓姜，全名是姜飞鸿。20世纪20年代曾任一警备区司令，一方诸侯，手握生死大权。姜本是读书人，居家无锡，曾中清末举人。清王朝被推翻，姜靠教学为生。新婚之夜，妻子被过路兵痞强暴致死，他被绑到柱子上，让兵痞们拳打脚踢弄断了两根肋骨。伤好后，他一咬牙，弃文从武，入兵营为一个师长当文书。一次打仗，师长被流弹击中大腿，转移时伤口感染。他找来一个工兵铲，在火里烧红了，趁师长不注意猛地按在伤口上。师长痛得举起手枪差点枪毙他。后来医官讲，如果没有文书这一铲，师长这条腿就废了。师长是个恩怨分明的直肠人，几年光景他就把文书提拔到副师长的位置。姜飞鸿治军有方，连打几场胜仗后，被上司举荐到警备区司令的位置上。他对部下奸淫抢劫的恶劣行为尤其不能容忍，一旦核实所犯，只有死路一条。白姓老人就是姜司令当副师长时被他从军训班选来当副官的。老人常年追随姜司令，老婆也是姜司令做媒娶的。姜司令当了警备区司令，很快就被卷入政客争斗的旋涡，他杀过兵痞，杀过土匪，杀过恶霸。

那场灾难是白副官缉私点燃的导火线。白副官接到情报，下关有批走私鸦片，他来不及向姜司令禀报，带了一个排的士兵在下关一座废弃仓库里收缴了四百斤上等云土。没想到这笔生意是宋氏家族的货，关键还在白副官开枪打死了两个持枪拒捕的人，这两人是宋氏家族的亲信。宋家点名要姜司令交出白副官。姜司令知道，把白副官交出去，可以保住头上的乌纱帽，但白副官肯定会被杀害。姜司令承担了责任，说这事是他派白副官去执行的，而且明确发出命令，对拒捕者格杀勿论。姜司令很聪明，当听说白副官惹下的对头是宋氏家族时，他很快把这件事报告了顶头上司。上司也当作喜讯用电话层层上报，直接报到了蒋介石耳里。蒋介石在电话里还大声表扬了姜司令。老蒋万万没想到姜司令玩了个花招，隐瞒了与宋氏有牵连的细节，以致后来御状告到他耳朵里，他也只有哼哼哈哈地当作一剂苦药咽下肚。心里却记下了姜司令一笔账。

经过这件事，姜司令苦思冥想三天三夜，看透了官场的险恶狡诈，看透了官场的尔虞我诈，决定弃官出走。走前，他着便装找了个有名的测字先生，测了一字。测字先生说，你眼下即将有灾难降临，要避难，只有向西走。他对着地图看了整整一天，最终决定抛弃官位，抛弃妻儿老小，远去藏区寺院出家剃度为僧。他把打算告诉了白副官，要白副官也远离南京逃生。白副官劝他，就是隐居也不要出家当和尚。然而，他去意已决，再不动摇。他安排手下把家里人送回老家，一切安排妥帖后，不露声色地在一个礼拜天的早晨离开了南京。一路上，火车汽车换着乘，吃尽了苦头，终于到了成都。歇了几天，他又随一队马帮起程，进灌县（今都江堰市），过飞沙关，穿过威州，经通化、薛城，到了杂谷脑（今理县县城）。他万万没想到的是，他刚找了一家客栈住下，白副官就推开了他的门。姜飞鸿惊呆了，千里迢迢，没想到白副官一路跟踪到此。白副官说家眷他已安顿好，他决心追随姜司令，直到了此残生。

姜飞鸿被感动得浑身颤抖，眼眶里霎时蓄满泪水，他紧紧地拥抱了白副官，这世上，能以死相随的知心朋友他只从书上见过、听人说过，他认为那种朋友可遇不可求，他姜飞鸿有福，在最落魄的时候得到了比金子还贵重的友谊。

待心里那股浪潮涌过，姜飞鸿把白副官狠狠地骂了一顿，世上最难听最绝情的话他都骂出了口，骂的那个狠劲儿在姜飞鸿的人生中是绝无仅有的。然而白副官根本不为所怒，他深知姜司令的性格。姜飞鸿骂累了，又抱住白副官痛哭，他边哭边对白副官说他的追随是无知，是不值得的，家里的妻子孩子需要他，要他赶紧往回返，也别再去军队卖命，找个清静的去处，好好过日子。

白副官不为他的劝说而悔，他一声不吭地由着姜飞鸿说话。

最后，姜飞鸿说如果白副官再不离开他，他立马跳进岷江，他说他杀了很多无辜的人，再不能作孽拖累老朋友。

白副官深知老友，他说得出做得到，最后两人挥泪而别。

姜飞鸿怀着终于劝动老朋友的欣慰，上山进了寺庙，剃度后专心学习藏文，攻读经书。

白副官却没有走得太远，他从心底深处早已割舍不下老上司。他到了一百多里外的扣苏，在一个不显眼的小寨子八角碉住下。从此，他每年去一趟寺庙，远远地看一眼长伴孤灯经卷的老上司。他从不让老上司发现，他不忍心扰乱老上司已经平静的心。

姜飞鸿每天早起晚睡，勤奋刻苦，加上他天资聪慧，半年的工夫，就能初步阅读藏文作品了。姜飞鸿潜心向善，为人诚实，热心助人，在寺院里有了很好的人缘，上到活佛，中到经师、堪布，下到寻常小和尚，都喜欢这个半路出家的汉族和尚。

1933年，白副官还是不慎被姜飞鸿碰见。那年秋天，待地里的庄稼收获完后，白副官收拾了行囊，匆匆启程，沿杂谷脑河谷，顺河而下。他在杂谷脑街上落脚，住进一家客栈，翌日起个大早，到了寺庙，他依然远远地站在皂角树下观望老友。那天的太阳很暖，暖洋洋的阳光透过枝叶洒在身上催人入眠。

白副官睡着了。睡得很沉，鼾声大起。

鼾声吸引了到寺外踱步的姜飞鸿，循声而至，他看到了熟睡的挚友。他没吃惊，他觉得这一切都是定数，友谊也不例外，人力是无法扭转的。

姜飞鸿一直待到白副官醒来，他们之间并没有发生久别重逢的大喜大悲，相互凝视几十秒后，就坐到树下聊起来。姜飞鸿告诉白副官，前不久塔尔寺的大活佛路过此地，作了短暂的停留，给寺庙里的众僧讲了几天经。他拜见了活佛，活佛给他摸了顶，对着他的面相看了好一阵，末了对他说，1935年是他命运中的大坎，不容易翻过去。

白副官对我讲，大活佛的话非常灵验，姜飞鸿没能躲过1935年的大劫。那年红军第四方面军驻扎杂谷脑河谷，围追而来的国民党军队纷纷拥来，国民党军队的官员知道了寺庙居然藏有一警备司令，派出人员大张旗鼓地抓了他。姜飞鸿的经历在寺庙没人知道，他对自己的过去从不提及，也没人纠缠追问。告密者肯定不是出家人。

说到这里，白副官沉默了好久，他说罪魁祸首应该是他，他在杂谷脑街上的饭馆喝酒时，曾向同桌的当地人炫耀过寺庙汉族喇嘛的非凡过去。可以肯定，就是那次听过他炫耀的人中出现了后来的告密者。

国民党要抓姜飞鸿的消息，事前有人悄悄透露给住持。住持当即就派人把姜飞鸿叫到密室，要他到外地躲一躲。姜飞鸿没有逃，他想起了大活佛给他算的命，这是劫数，命中该有的，逃不掉，就是逃脱了被枪毙，也会有其他的死法等着你，他束手就擒。

寺院的活佛到国民党军部去说情，说姜飞鸿皈依佛门已久，他一心向佛从不做坏事。国民党军部有个陈师长让侍卫把活佛轰了出去，说活佛丧失原则包庇红军的探子。活佛不懂什么叫探子，更不懂得他们说的原则叫个啥。

活佛满怀悲怆，步履蹒跚走回寺院。

枪毙姜飞鸿那天，国民党里当官的满脸鄙夷地说他是吃里扒外的怕死鬼，就是钻天入地也逃不掉党国对他的惩罚。

姜飞鸿本想双手合十，手却被反剪了，也就在嘴里念念六字真言，说这是因果报应，是天定的。他在寺庙出家八年，终于明白了寺庙才是真正苦度罪孽的诺亚方舟。

那个国民党军官没多少文化，不懂什么叫诺亚方舟，他从执刑的士兵手里拿过“汉阳造”，一枪就让姜司令离开了阳世。

白副官说那天他专程赶到刑场，他身上带了德国造二十响手枪，他打算劫法场。白副官说他是武林世家出身，枪法更是如神，眨眼间射倒十来个人，上前扛起老友逃离法场还是有把握的。是他与老友对上眼神时，被老友不容商量的眼神止住了。

酒喝完了，麂子肉也吃得一干二净。

白副官与我拱手道别，我尚沉浸在他讲述的故事中，他已在山坡的尽头闪身隐去。

我在寺庙正在装饰的大殿里碰见个老僧人，说起姜飞鸿他也认识，但他不同意我的说法，他说姜飞鸿不存在醒悟迟的问题，他的所作所为都是命数所定。老僧人还说多亏他在寺院修习了八年，死后也有机会再转世为人。

神秘的寺院，它用转世轮回的双桨划动着这艘跨世纪的大船。

那座寺　那尊佛

佛的化身是人，神的化身也是人，人这种动物，天生好斗，与天斗，与地斗，与狂风暴雨斗，更多的时候是同类的残酷相斗。

寺庙是圣地，但非净地。

寺庙这艘船不仅仅苦度文化，也苦度血腥的战争，也容忍阴谋的演绎，当然，最终是归结到善。

整个藏区大大小小上千座寺庙，为啥只有布达拉宫是最令人向往的地方？

我曾在江孜白居寺游玩时讨教过一个接待我们的老喇嘛。

老喇嘛戴了副怪怪的眼镜，特大的镜片没有镜框，连接镜片的是银质的架子，架子两端伸出长长的柄，柄的尽头搭到耳朵上，看得出，这副眼镜年代久远。老喇嘛推推鼻梁上的眼镜，意味深长地说，布达拉宫成为圣地中心是有根源的。承载布达拉宫的红山，是个女妖的心脏，布达拉宫是镇妖之寺，如果没有布达拉宫，女妖就会兴风作浪，那样，藏区就麻烦了。

看出我眼里的疑问，老喇嘛又说，吐蕃王朝时，是细心而懂天象和地理的文成公主看出了王朝所在是女妖的化身，女妖仰躺在主地脉上，红山是她的心脏。文成公主把她的发现告诉了藏王，于是藏王下令在女妖的四肢都修了寺庙，规模最大的布达拉宫则修在了红山上。

在大昭寺，另一个年长的老僧补充了布达拉宫建成的细节。老僧人叫桑吉顿珠，他说布达拉宫至少有一半是建在填起来的湖面上的，因为文成公主发现湖水就是女妖的血液，为了有效地阻断血脉，公主让下人找了无数的白山羊驮土填湖。

如是场面奇妙而壮观，你想想，漫山遍野的山羊，每只山羊驮两个小筐，往返穿梭，也亏得聪明的文成公主想得出。

文成公主到底有多大的能耐，史书记载不多，民间野史把她说成无所不能的女圣。不管真实与否，关于她的故事在藏区流传甚广。山南泽当的名山贡布日，是方圆数百里地的神山。多少年来，就没人发现该地有任何异常，偏偏文成公主就掐算出卧塘那个女妖的一条手臂就在神山的西南方向。西南方向有个湖泊，文成公主一行在湖边停留时，公主耳闻湖中有异声，她在湖边站了整整三天三夜，然后匆匆起程。她告诉松赞干布，湖里有条长着五个脑袋的怪龙，要降服这条怪龙，非得藏王亲自出马才行。于是藏王松赞干布到神山修炼，在普贤菩萨的神助下修得能千变万化的正果，藏王变成一只大鹏，飞到临近湖边的铁不日山头，极有耐性地伫立山头等待，只要怪龙出湖，他就会一口啄掉一个头，一次啄不掉就等第二次。累了，就在铁不日山头休息，就这么翻来覆去地等了几个月，终于啄掉了怪龙的五个脑袋。无头的怪龙沉入深深的湖底。怪龙是怪，或许就有复活的一天，藏王为了让怪龙永世不得翻身，就动员民众填土于湖中，建造了昌珠寺。

不能不说松赞干布和文成公主夫妻俩的高智商，两人珠联璧合地弘扬佛法，在西藏广建寺庙，用虚幻和具象相辅相成的合作，凝聚了那些各霸一方的部落，使整个吐蕃王朝坚如磐石，并且在中原皇室的呼应下，迅速剿灭对抗者，一统吐蕃天下。

英明的藏王啊，智慧的松赞干布，他没预料到的是，草原上的战争结束了，崇山峻岭间的厮杀罢手了，硝烟却会从被百姓尊崇为圣地的寺院内升起。

本教是西藏古老的原始宗教，本教崇拜天地日月和自然界万物。本教教徒们创造了敬神、祝福、驱鬼、镇魔等仪式，在本教的成熟阶段，出现了精通鬼神之道的人，这种人被人们称为吭巴，即巫师。吭巴的能耐很大，常能请神附体，令人叹服的是他们居然能随意让妖魔鬼怪为他们打工，这些本领使他们确定了在群众心目中的地位，在佛教入藏以前，本教统治着藏区。

在两千多年前的一天，一支逐水草而居的我的祖先们在海拔七千多米的雪山上发现一个长相特别英俊的少年，少年的语言、动作，包括身上的服饰却与本地人有异。用今天的话说，或许就是一个偷渡客，按现行法律，是要治罪的，然而两千多年前那位英俊少年的运气直线上升，他遇到我那些先人们是他的福分。他们满目惊奇之余弄不懂该怎么安排这位少年，于是一部分人守着少年，一部分人回驻地报信。驻地的首长即刻派出十二个一流的巫师，巫师们扭着身子跳着舞蹈盘问少年的来历。

聪明的少年并不答言，他知道言多必失，只是做出无比庄重肃穆的神态信手指向天空。各怀心思的巫师们在少年简单的动作下统一了认识，一致认为少年来自天空，无疑是天神的儿子贪玩，偷偷溜到了凡间，当然也不排除是天神派遣到人间的使者。

巫师中的头目是阿谀奉承的高手，他居然伸出脖子让少年骑上去，少年当然乐意，骑人脖子行走还少有人享受过。

到了驻地，有了巫师们先入为主的大肆渲染，这个莫名其妙的天外来客便顺理成章地坐上部落首领的座位，并被尊称为聂赤赞普。当上了首任吐蕃藏王，从那以后，一直延续了三十三代。首任藏王聂赤赞普是个知恩图报的君子，他就任赞普位后，即刻把本教作为护持政权的主要力量。聂赤赞普还修建了西藏历史上的第一座宫殿，并取名为“红柳香莎宫”，颇有诗意。

佛教是从第二十八代藏王拉脱脱日年赞时进入西藏的。据说拉脱脱日年赞是普贤菩萨的化身。

拉脱脱日年赞一日午休，醒来便说他做了个梦，梦见有一件神物从天而降，命手下人前去察看，果然发现了一个宝箧，里面有金塔有经书，有很多咒语、法器。那时的藏区没有文字，所以就没有人认识写的是什么。藏王把这些神秘的东西请到大殿里供起来，天天虔诚供奉。

听故事听到这里，我也吃不准是拉脱脱日年赞见本教过于老化，缺乏新鲜的生命力而玩的花招，还是他早就有意从域外引进佛教，委托人悄悄带了这些佛教的物件做一次试探。

试探是成功的，佛教从那时起悄悄渗进藏域，这是个事实，长年世居的吐蕃宗教本教尽管在松赞干布的权威下，面对乘胜进入的佛教，暂时退缩了在各处的触须，但他们认为这是暂时的，自古以来，外来势力是难以长久驻足的。

这次他们错了，错在认知的根本上。

佛教不是外来势力，佛教针对当时的藏域来讲是新鲜的血液，是藏域上层权力人物为改变落后现状所迫切所需的。

佛教是文化，文化是可以扎根的。

松赞干布的榜样力量是无穷的，修大昭寺时，他亲自做木工活。当他手持一把利斧爬到房梁上时，据说惊动了九天之神，一代人王本身就位列仙班，他到人间是所有菩萨的旨意，那些神仙们前来是帮助同僚的。藏王都如此对待佛教，本教自然是敢怒不敢言。仇恨暂时隐藏起来，他们在等待时机。

在中国的封建社会，男尊女卑是一大特点。而松赞干布却是尊重女性的人，他对文成公主的敬佩超过了任何人，当然，这不是无缘无故的，一则文成公主是大国显贵，再则文成公主的文化教养和聪明才智使松赞干布认为只有神才会有那样的灵慧。要是认真想想松赞干布对文成公主为啥会有令今天的人们都吃惊的举动，根本原因是让你觉出女性要在现实生活中获得真正意义上的平等，不能仅仅靠悲哀抱屈地高呼平等和自由，关键是女同胞要有叫男性信服的本领，至少要有独立的思维和生活中的超常技能，要是全身心地紧紧依靠丈夫赖以生存，只沉浸在相夫教子的所谓幸福中，一旦有机会挣扎，要求平等的声音也会底气不足。如果女性身怀绝技、聪敏过人、心性沉稳，那么不平等的呼声应该发自男人的粗嗓门了。松赞干布恐怕在某些方面深感技不如人，除了打打杀杀的勇者行为，需要发挥高智商的地方，他必定会搬出文成公主。比如拉萨四周的山，取名时松赞干布不请法师也不请活佛，他就要文成公主命名那些山头。所以拉萨周围的妙莲、宝伞、右旋海螺、金刚、胜利幢、宝瓶、金鱼等山名都是文成公主所取。

松赞干布去世，本教徒认为心头大碍已去，积蓄已久的反叛情绪得以爆发，本教的大肆反扑得到了官方的支持，当时主政的大臣桑赞宇松也露出反佛教的本性，采取了一系列反佛教措施。于是，外地僧人被驱逐，大小昭寺被封闭，文成公主从大唐带去的觉沃佛像也被埋到地下。佛教的天空布满劫难的阴云。

佛教在藏域的晦暗岁月一直持续了五十年。五十年后赤德祖丹登上赞普位，在宗教倾向上他是向佛教的。他有个儿子叫江察拉温，成年后，赤德祖丹为给儿子选媳妇伤透了脑筋，在征求大臣们的意见时，绝大多数的大臣建议到大唐求婚，都说过去文成公主给吐蕃人民带来了幸福。于是就有了金城公主入藏。

金城公主的运气不如文成公主好，人还在途中，王子坠马摔死的消息就传到她耳中。公主被突然的噩耗惊呆。入藏后，大臣们天天围着金城公主劝说，劝她面对事实，改嫁给老赞普赤德祖丹。初时，公主不能接受这个残酷的事实，对大臣们的劝说根本就不答应。后来静下心来细细盘算了一番自己的处境，打道回府吧，路途艰险遥远；孤身独处呢，前途更是暗礁林立。人生地不熟，语言又不通，如果再少了王室的保护，她简直不敢想下去了。

金城公主是明智的，她到底从从一而终的桎梏里解放了自己，最终顺从了大臣们的意思，升格做了藏王的妃子。藏王得了汉家公主为妃，心里非常高兴，专门给公主修了一座“傍塘宫”。金城公主大力协助藏域弘扬佛教，她恢复了大小昭寺的香火，挖出了地下的觉沃佛像并请回大昭寺供奉，同时把随同进藏的内地僧人渗透到寺庙里管理香火，请藏王派优秀佛教弟子到中原取经学习，组织身边得力人员把天文、星相、医药等书籍翻译成藏文。从此，处于低谷的佛教开始复苏了。

金城公主生了个儿子，男女双方血统都高贵，这个儿子聪明极了。巧的是藏王的正宫没有生育，金城公主的儿子赤松德赞长大后顺理成章就接任了藏王一职。

问题出在赤松德赞就位时年龄太小，刚满八岁，是今天小学二三年级学生的年龄。八岁的孩子要统领一方无疑是不可能的，金城公主只有干着急。大权旁落到反佛教的一些大臣手中，他们再次掀起了反佛教的狂潮，把禁绝佛教制定成政策，重演五十年前的悲剧，驱逐外地僧人，重新把觉沃佛像埋入土中，为了侮辱佛教，甚至把大昭寺作为杀牛宰羊的屠场。

佛教再次被笼罩在本教制造的阴霾中。

好在这次佛教的厄运不是太长。

随着赤松德赞的长大，他在母亲和一部分认同佛教的大臣的支持下，不露声色地，以蚕食的办法，一点一点地培植亲信，在反佛教的大臣尚玛尚身边安插眼线，待到时机成熟，设计除掉了朝中大患尚玛尚及其党羽，一举恢复了大小昭寺的香火。

当时，藏王手下有个非常能干的人叫巴色朗，西藏的寺庙都冒出了佛教的香烟后，藏王派巴色朗到中原长安请内地僧人到藏域传教。巴色朗完成了赴大唐的使命后，又受派遣到尼泊尔和印度学习，回程途中巧遇印度著名的佛教学者静命，巴色朗在途中盘桓数日听静命大师讲佛，同时派人征得藏王同意，请静命大师入藏传佛。

静命入藏传教时机不是很合适，他刚在王室以及贵族阶层讲了“十善”“十八界”“十二因缘”等以显教教理为主的佛教理论不久，整个雪域高原就遭遇了一场前所未有的饥荒，短短的时间内，饿殍遍地，疾病成灾。一些旧贵族适时鼓动本教徒趁机作乱。本教徒们也认为灾荒年是上天赐给的良机，到处鼓舌散布谣言，陷害金城公主是外来的妖孽，说印度僧人静命入藏冒犯了本教神灵，愤怒的神灵这才降下灾难以示惩戒。

舆论的攻击太过强盛，赤松德赞有了扛不住的感觉，为了暂避锋芒，他把难处告诉了静命大师，派人护送静命大师回国。临走时，静命大师告诉赞普，请他一定派人请著名的佛教大师莲花生进藏，在雪域高原传扬佛教，非莲花生大师不可。

看了有关史料，知道了莲花生大师还有个名字叫白马穹乃，是巴基斯坦的佛教密宗大师和降魔能手，其身所怀绝技尤以咒术为最。

静命大师要藏王请莲花生大师的目的是希望凭借强大的咒术制服本教。

莲花生大师自有一套办法，进藏后他采取先兵后礼的战术，有效地收服了众多的本教徒。

大师欣然接受了赞普的邀请，一路降妖伏怪，到了藏域，本教积蓄精兵强将，与莲花生大师大战了数场，结果是显而易见的，败得一塌糊涂。在莲花生大师的高歌胜战里，佛教又吐新绿了。

借此东风，赞普再次派人请回静命大师，并准备大规模建造寺庙。

兵刃相见后，莲花生大师开始走礼数了。

行礼数是莲花生大师的高明之处，他吸取了几百年的教训，走到哪里就把本教的自然神，如大山、河流等也宣布为佛教神，与佛教的神一视同仁，一样地尊敬，一样地朝拜。大师又把本教的地方神祇“十二丹玛”封为佛教的护法神。而且在驱魔降鬼的形式上，沿用或仿效本教的仪式，并把这些仪式吸收融汇到佛教的密宗巫术中，减弱了本教徒对佛教的生疏，从精神层面彻底解决了本教的问题。

莲花生大师先兵而后礼的计谋出奇制胜，他让对方明白佛教的威力是无比强大的，接着又让对方感受到佛教的宽容和仁慈，使本教徒在一定程度上慑于佛法的强大而对独霸一方的野心有所收敛。

用今天的眼光看，莲花生大师是个非常称职的超一流的军事家，他熟知标本兼治、攻心为上的人性哲理，所以在整个佛教史上，他是大赢家。

在前后数百年的佛教和本教的争斗史中，寺庙是聚焦点。所以在莲花生大师之前，寺庙的数量和规模都受到了一定的局限，莲花生大师之后，随着佛教的发扬光大，寺庙的建设也如雨后春笋般在雪域高原相继建成。例如莲花生大师请赤松德赞亲自奠基的桑耶寺，就有一百零八座寺庙的寺林。

本教因循守旧、抱残守缺的阵脚从那时才真正动摇，在相当长一段时间内，再也无法形成对佛教的威胁。

佛教和本教的斗争在公元838年时终于到了巅峰，其惨烈程度令天地失色。追其根源，要追溯到一批藏人出家团。

屈指数来，从文成公主入藏到建成桑耶寺，经历了百余年的光阴。尽管这当中佛教同本教艰难争斗，影响广泛，然而所有的佛教徒几乎都是从大唐皇朝、印度和尼泊尔等地相继入藏的，到赤松德赞执政时，居然还没有一个藏族僧人。从长远着想，这不利于佛教在藏区的扎根，赤松德赞下决心改变这种状况。他首先从贵族中选拔了七个青年首批出家受戒修行。七个青年的所需费用由王室无偿供应。七个青年不负使命，经刻苦修行学习，个个精通佛教经典，成为藏传佛教史上有名的“桑耶七觉士”。

赤松德赞又先后派出白若杂那等数十人到印度留学，又请了印度密宗大师无垢友等一批人到藏域开辟译经场，大量翻译佛教经典。本教徒们对藏王的举动深感恐惧，他们认为灭顶之灾正在降临，于是刻不容缓地掀起一场篡改佛经为本教经典的阴谋。藏王闻讯大怒，下令大开杀戒，直接参与这场阴谋的本教徒都被杀掉。

一场腥风血雨的镇压使本教受到致命打击，很多教徒连夜逃往远方，本教的地位也从此消失。

佛教与本教的矛盾达到了最顶峰，已是水火难容，散布在各处的本教徒积蓄着力量，准备东山再起。

赤松德赞尽管杀了很多本教徒，却不能对反佛教的贵族太过为难，王室的巩固得有这些贵族的支持才行，为了平衡较为紧张的关系，藏王不得不违背自己的本意从象雄地区把香日乌仪、塘纳苯波等几个主要的本教首领请到桑耶寺，与佛教僧人共居。

本教徒一进寺，空气中立即充满了火药味，他们在寺内举行祭祀仪式时，大肆宰杀牲畜，此举遭到佛教徒的强烈反对，两个教派的明争暗斗使赤松德赞非常头痛。为了公平，藏王在敦喀尔组织了一次佛教和本教的公开辩论大会。引经据典，本教远非佛教对手，在众目睽睽中本教败得一塌糊涂。

本教的复仇希望主要寄托在旧贵族的支持上。赤祖德赞继位后，旧贵族中崇拜本教的大臣已不满足于等待，大臣未杰刀热粉墨登场，亲自召集本教徒，杀牲祭祖，诅咒发誓，密谋杀掉藏王赤祖德赞。

公元838年春末，未杰刀热精心安排了一次宴会，毕恭毕敬地请来赤祖德赞共乐。席间，大臣一伙人高声歌功颂德地轮番劝酒，把在热烈捧场颂扬中丧失了警惕的藏王灌得酩酊大醉。

赤祖德赞醉成了一摊泥，未杰刀热等人趁机一拥而上，拿用水浸过的牛毛绳把藏王活活勒死。赤祖德赞的死在民间的震动不大，究其原因，在他弘扬佛教的过程中，有些过激的行径，惹出了一定的民怨。历年来，出家为僧的藏民急剧增多，藏王不愿再由王室承担费用，于是规定每七户平民供养一个僧人。他耳闻平民中对此制度有了怨言，接着又下令，凡是辱骂僧人者割舌头，用手指恶意地指向僧人者断指，怒视僧人者剜目。发展到后来，赤祖德赞甚至把军政大权也交给僧人执掌。他还封大僧人贝吉云丹为教法大臣，权位在众大臣之上，难怪他招致杀身大祸后，民众的反应淡漠。

赤祖德赞死后，其兄朗达玛执掌了大权，当上了赞普。

朗达玛是个狂热的本教徒，他一上台，立即开始了公开的灭佛行动，他派人封了大昭寺、桑耶寺，把小昭寺改成牛圈，在佛像上蒙上血淋淋的兽皮，把大量的佛经投进火中水中，到处散布说文成公主是罗刹女（即妖女），勒令佛教徒限期改换门庭或还俗为民，对有德望的僧人，通通赶上山，发给他们刀箭，强迫他们打猎杀生。最惨的莫过于贝吉云丹等高僧，他们被百般凌辱后，被残忍地杀死，死了还把皮剥下来楦草示众，鼎盛的佛教香火顷刻间灰飞烟灭。这在佛教史上是最惨烈的一次。

暴君的下场一般都不会好，朗达玛也不例外。

一批被强迫打猎的僧人逃到山南洛扎一带，遇见了在一个山洞里修行的佛教僧人拉龙白吉多杰。拉龙白吉多杰听了大家对朗达玛的哭诉，愤怒至极，发誓要除掉朗达玛。

拉龙白吉多杰说到做到，他骑马长途奔袭，在拉萨郊外用箭射杀了郊游中的朗达玛。拉龙白吉多杰杀死了作恶多端的朗达玛，同时也葬送了松赞干布打下的江山。据说在朗达玛死后不久，一场空前的大饥荒笼罩了雪域高原，朗达玛的后人在战乱中死的死、逃的逃，一时间，盗贼四起，疾病肆虐，死者无数，无论佛教还是本教，再也没有力气争斗。混乱局面一直延续了一百多年，直到象雄王德尊衮的长子出家为僧，邀请印度佛教的最大学者阿底峡入藏传法，佛教才重新在阿里地区燃起燎原星火。

阿底峡在阿里住了三年，写下影响深远的《菩提道灯论》，从那时起，藏域的佛教才重新进入迅速发展的新时期。

提笔千言，意犹难尽。

寺庙这个特殊建筑，上千年来演绎了多少野蛮与文明的故事。

这是一艘飘摇不定的船，承载着各色人等顺流而下，它是挽救灵魂的方舟，也是超度那些无论是罪恶一生，还是慈善一生的人的亡灵。

第三章 红色袈裟的情与爱

很多人有种误解，认为所有的和尚或喇嘛一旦信了教便终生向佛，不近女色，如此想法过于绝对。与异性相交是人之本能，生理需求。僧人，从本性上讲首先是人。至于佛教，除了有些教派开宗明义不准近女色，而密宗，反倒有男女双修一说。密宗中的无上瑜伽部的最大特点就是利用女性作“乐空双运”的男女双身的修法，在无数次的男女之间的性交过程中去感悟空性，是以欲制欲，以染而达净的修法，没有“根器”的僧人，阿阇梨是不传授的。就是有明确规定不准近女色的教派，比如格鲁派，虽说当了僧人就不准还俗，却并不是还俗无望，那么那些六根难以清除，生理需求强烈的僧人便可以通过犯错误和自动离职来名正言顺地走向百姓，娶妻生子，享受天伦之乐。至于极个别的得道高僧，他是潜心于学问，用求知来强制性地压仰偶尔难以言说的苦衷。熬过了青年阶段，再涉过中年的险滩，步入老年时，来自外界和自身的烦恼就难以使长者分神了。

六世达赖喇嘛仓央嘉措，自从有了对女性的第一次接触后，便一发而不可收。他手掌最高权柄，却看淡权力，他看透了政坛上尔虞我诈的丑恶，认为只有爱才是人生的最高境界。

仓央嘉措的行径，有人认为是佛教界的耻辱，说他不守教规、贪色贪酒。然而也有人认为六世达赖的风流韵事不过是游戏三昧。形式放荡不羁，实则清净无染。社会上流传着一段赞其品质的民谣：“天天有娇娘做伴，从来未曾独眠。虽有女子做伴，从来没有沾染。”

还有一种说法就要显得客观一点，他众多的情歌中的如下一首，即是他真实心境的外露：

在那东山顶上，

升起了皎洁的月亮。

娇娘的脸蛋儿，

浮现在我的心上。

他们从密宗的角度做出的一种解释是，仓央嘉措对女人所抒发的情感是修习过程中对本尊的观想。因为按照怛特罗的法门修习，达到极高的水平，即“真气自在”的境界时，与佛母共同双修，也是密宗的需要。其实仓央嘉措心里到底怎么想的谁也不知道，与情人幽会时，他恐怕不会想到双修之类那么严肃的问题。

人在特殊环境中被动地拒绝男女情爱，生活绝对不会阳光灿烂。说到这里，我想起在理县县志办工作时翻阅过的理番厅志，该书出于清末，作者的态度非常认真，从史实到街议都记载得有头有尾。书中有段故事，看得出是史实与传说糅合而就的，当时我看了就非常感动，曾经讲给朋友听，朋友们也听得泪光盈盈。人类啊，在世间万物中不愧是了不起的动物群体，在不同的历史时期总是演绎着悲壮激越的爱情故事，说到这里，我得讲讲这个故事了。

穹扎和堆云

藏族人取名字，都有一定的意思。穹扎这个名字也不例外，意思是这辈子能有个小小的名望即可。穹扎却没想到自己的名望非常大，而且上了书，流传到凭他的想象怎么也想不出的后世，因为他头脑里是简单的饮食，然后是男人所拥有的骑马射箭挥刀舞棍，现实局限了他的思维，我们得原谅他，海鲜大餐和飞机导弹离他太远，历史却承载着他的故事走进了21世纪，如果我写出了穹扎经历的原汁原味，或许还能感动开飞机和玩导弹的人。

穹扎生于阿里地区，吐蕃王朝建立时，他已长成健壮的小伙子。成为小伙子的穹扎英俊，个性刚猛，那年松赞干布一统江山的大军扫荡阿里时，穹扎投了军。

随着大军的南征北战，穹扎的军事技术提高得很快，也就是武功高强、勇猛过人。他善使一把鬼头大刀，舞得兴起时，水也泼不进，数十人近不得身。作战有功，穹扎一年后成为小领导。

大军在甘南作战时，穹扎从敌方一个将领的帐篷里救下一个姑娘。姑娘叫堆云，是甘南地区一个小头人冬巴本辖下的奴隶。堆云家世代为奴，年年烧香参拜神仙，年年命运如故。

堆云的父母老实巴交，胆小得要命，踩死一只蚂蚁也要吓得两腿打闪。出生于如此家庭的堆云偏偏性格无比刚烈，而且异常漂亮。甘南大头人的带兵官一次巡视时，见到了牧羊的堆云，被堆云出奇的美貌弄得魂不守舍，他立即要小头人当晚就把堆云送到他帐下。

小头人先是把这事当作特大喜讯告诉了堆云的父母，两个老人感激地对着小头人一个劲儿地磕头，善良的老人认为女儿从此攀上了高枝，幸福的祥云正在堆云头上盘旋。等女儿牧羊归来，老人把这一喜讯告诉女儿时，女儿沉默了，脸上布满愁雾。她知道带兵官华尔增是个什么角色。被华尔增收进眼底的女人没有一个逃脱了非人的蹂躏。华尔增奸淫妇女成性，被他糟蹋的女子无一不是遍体鳞伤。

堆云姑娘有自己的心上人，在寺庙当差的觉波非常爱她，俩人偷偷相爱已有一年了。觉波也是奴隶，人长得高大剽悍。

小头人为堆云牵了匹马，还配了副镶了银边的鞍子。小头人做着如何趁机讨好华尔增，使其成为自己的后台的美梦，出乎他意料的是，堆云姑娘抵死不从。奴隶敢当面抗命的事小头人还没有见到过，暴怒的小头人不敢打堆云，给华尔增带个挂了伤的姑娘他会怪罪的，阴险的小头人向堆云的父母挥开皮鞭。堆云不忍心看着年迈的父母在小头人的狠抽下满地翻滚的惨状，被迫含着眼泪上了马。

奴隶制是万恶的，像堆云这样的家庭已无自由可言。奴隶主任何时候想要你的命都行，更何况糟蹋一个无助的女子。可以想象，人的命运和前途是和所处的时代紧密相连的。时代注定了堆云的悲剧，个性注定了堆云的悲剧，在她的祖居地，几乎没有光明的去向。

堆云到了华尔增帐中，脸上是凄楚和仇恨，再无一丝柔意。华尔增要堆云笑，堆云双目垂地以沉默无声来抗拒。华尔增还没遇到过堆云这样不怕他的姑娘，他所有玩过的女人，即使心里在淌血脸上也会做出灿烂样。他不喜欢折磨反抗强烈的女人。当他试图解开堆云的衣服时，堆云又抓又踢又咬，搞得华尔增很狼狈。

华尔增首先赏了小头人两记响亮的耳光，要小头人去打探，有谁是堆云的相好，性子刚烈的姑娘一旦有了心上人，是难以再容下其他人的。

小头人很能干，当晚就摸清楚了在寺庙当差的奴隶觉波是堆云的相好。

残暴的华尔增派人把觉波抓来，当着堆云的面剥光觉波的衣服。堆云知道心黑如狼的华尔增会做什么恶，她哭着要华尔增放了觉波，他要她做啥她都答应。

华尔增狞笑着，命人割了觉波的舌头。接着又给觉波戴上石头做的头箍，待受压的头盖骨挤出眼珠，他手持牛耳尖刀，亲自上前割下觉波的两颗眼珠，丢到堆云的面前用脚踩爆。堆云哭晕过去几次。

刽子手们接着又割下觉波的生殖器，最后一刀直插心窝。喷出的血直达数丈，觉波悲惨地死去。

华尔增剥光了堆云的衣饰，把她绑在帐前的拴马桩上示众羞辱，他要从精神到肉体彻底摧垮姑娘的意志，让她从性子猛烈的马驹变成乖巧的绵羊。

堆云不屈不挠地在拴马桩上挨到第三天时，松赞干布的大军铺天盖地地杀到了甘南，几仗下来，反对吐蕃王朝的对抗势力土崩瓦解，就在堆云被绑的拴马桩前，穹扎手刃华尔增，救下了堆云。

摇摇晃晃的堆云从地上拾起一把刀，裸着身子把华尔增的尸体剁得稀烂。当她要横刀自尽时，穹扎夺下了她手里的刀。

大军在甘南休整了十多天。堆云调养了几天便光艳如初。恢复了体力的堆云死活要跟着穹扎走，姑娘单纯极了，她的理由也很简单，她说是穹扎救了她，而且关键是穹扎杀了她的仇人。堆云还说她再不想在甘南待一天，在甘南的土地上她每天都会梦见血淋淋的觉波。

觉波因堆云而受累惨死，堆云的精神上肯定受不了，加上她亲眼看见穹扎除了杀敌，不搅扰百姓，不私自敛财，不奸淫妇女，靠上这样的男人肯定不会有错。写到这里，我想松赞干布的大军纪律肯定非常严明。

穹扎为堆云的天生丽质所倾倒，特别是了解到堆云的遭遇，首先在心里就产生了深深的爱怜。当时军队的纪律一般是不准携妻带子。其实战争年代的军队，你就是网开一面，同意领着老婆游走战场，军官们也决不会把家人引到随时都有生命危险的地方。

穹扎把堆云的情况向上司做了汇报，上司也被姑娘的悲惨遭遇打动，做主把堆云收到军队搞后勤。后勤上有不少女人，大家都对堆云非常照顾。

从那以后，穹扎和堆云就经常见面了，两人如胶似漆，在爱情的深潭里越陷越深。

如果战争顺利，和平早日来临，穹扎和堆云将生活在七彩的阳光下。偏偏是该死的战争改变了一切，彻底破坏了这对情深爱浓的青年男女美好的未来生活。

战火推进到杂谷脑河谷的理番一带时，一处地势险峻、坚固无比的关隘切断了前进的通道。该关隘是吐谷浑的最后一道防线，易守难攻。大军每天轮番攻击，连战数月，将士死伤无数，关隘都纹丝不动。

军队疲劳了，将士们打得灰心丧气。松赞干布急得七天七夜没睡觉，迂回吧，关隘两侧全是陡峭的绝壁，别说人爬不上去，就连鹰也找不到落脚的地方。

谋士们彻夜研究对策，一场接一场的争论，却始终找不到攻陷关隘的计谋。

穹扎是战斗在前线的战士，冒着如蝗箭矢，躲闪着声响如雷鸣的滚木礌石，他和他手下的数百兵士冲了一遍又一遍。他身边的战士杀到后来仅剩下十多个，战斗却毫无进展。就在最艰苦的时刻，将军下了道死命令，再给半月时间，不足的兵源立即补充，总之穹扎在半月内必须拿下关隘，拿不下，即对穹扎军法从事，意思就是要杀了穹扎，以示军规。

明知道命令不合理，却没人敢反对。

穹扎愁得眉头紧锁，人也瘦了一大圈。

堆云到前线来看穹扎，见了穹扎的模样心痛得不行。知道了穹扎所面临的残酷时，堆云放声大哭，直哭得山摇地动、天光失色。在场的所有兵士都落了泪。

穹扎招呼手下，准备再去进攻，却被堆云拦住。堆云说，怎么攻都是送死，咱俩就在这河滩上静静地待上几天吧，说不定还能想出办法。

穹扎乖乖地听了堆云的话，他要兵士们埋锅造饭，好好睡几天，到时精神饱满地战死在沙场。

穹扎和堆云面对着硝烟中的关隘，相依相拥地坐在河滩上，波光粼粼的水面上闪烁着天空的锈色碎片。

画面非常美，硝烟弥漫的战场，残戈断剑，败色的军旗，倦怠的容颜，背景太厚重了，甚至空气都是黏稠的。

十五天的日子短得像打个喷嚏。

穹扎在阳世的光阴不多了，他反倒平静下来。他说了很多善后的话。堆云一言不发，她静静地思，静静地听。她胸中萌发出一个念头，能救穹扎的念头，然而代价却太大了。她为自己能产生如此想法而激动，不管代价多大，她都要去，她要救穹扎，目前也只有她才能救穹扎，穹扎是她身旁唯一的亲人。她为自己的想法担忧，几天来，她一直都在想，该怎样对穹扎说。

穹扎从堆云嘴里知道她的计划时，想都不想就摇头拒绝。他告诉堆云，自己是战士，死在沙场上是再寻常不过的事，而堆云不应该做出这么大的牺牲，几乎赔上自己的一生。

堆云不再与穹扎争了，她知道穹扎决不会同意她的冒险，穹扎是那种宁可亏自己也不愿让朋友吃一星半点亏的人，更何况堆云已成为他的灵魂。

第九天，在穹扎的催促（虽然他极不情愿）下，堆云依依不舍地离开了穹扎。堆云眼里装满了穹扎的身影，她是一步一泣一回头地走完一箭之遥的沙滩的。第二天，穹扎召集了所有的部属，准备在当天的进攻中以死效忠。当时那种悲壮的气氛我用今天的语言是难以描述透彻的。

战士们庄严肃穆，一张张年轻英俊的脸上都是视死如归的轻松。身旁战马咴咴，铁掌在卵石上敲打出耀眼的火花。战旗猎猎，哗啦啦地倾诉着一代王朝的崛起。就在将士们挽缰踏蹬、抬腿上马的瞬间，传令兵急驰而至。

传令兵要各路进攻的兵马撤退，先撤到驻地，听候定夺。

紧接着当夜就是大撤退。

死神的阴影从头上散去了，全军上下一片欢腾。明知道攻不下还要下死命令去攻，发布命令的将军肯定是被失败冲昏了头。

穹扎一听到撤军的命令，立马心沉如铅，他知道通向生存的那道门是谁打开的。这个不听劝告的堆云啊！

在撤军的当夜穹扎就去后勤的女队中找堆云，哪里还有她的身影！上司看到焦灼万分的穹扎，只说了一句："堆云是个了不起的奇女子啊！"

在我最初看资料看到这里时，心里冲动不已，彻夜难眠，巾帼英雄古来有之，以青春做代价的尚不多。从小处看，堆云是为了报答穹扎的救命之恩，同时也是为了把自己的心上人从死亡的边缘救回来，这是小义；从大处说，堆云姑娘或许自己也没意识到，她的毅然决然的行为，为松赞干布改变旧体制，推行新的生存方式立下了不可磨灭的功劳。

我是理县人，父母皆是本地土著的嘉绒娃。我1979年开始文学创作，1980年在《西藏文学》发第一篇小说。很短，三千多字。文章成铅字了，不得了。我的单位全称叫良种繁殖场，说白了，我就是种庄稼、拿工资的农民。在农民中居然有人能写小说，于是我成了一亩三分地上的新闻人物。自己也很得意，立马目空一切。殊不知这是真正的渺小。直到后来调进县志办（这个小短篇对改变我的前途、改变我的生活环境起到了决定性的作用），与知识渊博的老师们相处，又翻阅了很多珍贵的历史书，这才幡然醒悟，我那篇文章实在是不堪入目，无论是结构还是故事都显得非常苍白，与我的原稿对照，还发现编辑老师们曾经细心地修饰过。直到我看了穹扎和堆云的资料，不难看出，资料本身就有创作的痕迹，但我相信内核的骨架部分肯定是真实的。看完这份资料，我更进一步弄懂了什么是文章，什么是文章中的人物。我曾经骑着自行车，沿着杂谷脑河谷，以观赏的心态走过好几次，一次就是百多公里，三四天走完一次。每到那些宽阔的河滩，像米亚罗的彭家河坝、朴头乡的关口、日底寨前的大河坝，历史上有名的维关、薛城、桃坪等地我都要逗留。

在草丛中寻找历史的划痕，在峭壁上聆听数千年前的回响，从时断时续的古栈道里倾听岁月隐藏的铁蹄声。一切都在猜测大自然的风霜早就抹平了的来自西域的金戈铁马。

历史故事，本来就是在对极少的资料进行猜测和修补中成形的。

维关在理县境内算是最险峻的关隘，据说，一个臂力好的人只要拿根坚硬的青冈棒棒守在口子上，千军万马也通不过。传说本身的夸张是无限的，而且所指肯定是大刀长矛的冷兵器时代。但那个地方的确很险要，如刀劈的绝壁直插云天，建于明末的烽火台耸立在悬崖边，一条蜿蜒的古道盘桓其间，下面是奔腾咆哮的杂谷脑河。维关这个地方拍过电影，还不止一部，早期的《金沙江畔》《羌笛颂》，后来的

《西行漫记》《孔雀公主》，在电影里看维关，其险峻尤为突出。我找不到确切的地方，就假想当年松赞干布的大军被阻长达二十年之久的奇险关隘就是维关。

我盘膝坐在沙滩上，手里把玩着身边的卵石，如果要说古迹，河床上的鹅卵石才算得上最古老的古迹，拇指大的卵石你不知道出处在哪里、原来有多大，被水冲刷了好多年才成为今天的样子，如果在这上面动脑筋，它会把你引向混沌未开的宇宙之初。

我坐到黄昏，那天天很晴，所以黄昏的云朵被落日染出的锈色特别浓，在微弱的天光映衬下，隐隐露出一派肃杀。

没错，我就认定这里是堆云姑娘故事的发生地。每一道岩石的褶皱，都潜藏着一个王朝惨烈征服过程中的细节。

用今天的眼光看堆云的计谋，实在是笨，然而在当时却很实用。那天傍晚她到将军帐里，一番声泪俱下的陈述，终于打动了将军的铁石心肠。她说近半年来，大军死伤过半，而关隘内的敌人却损伤轻微，这样的仗就是再打一百年也是无济于事的，而且最后成为赢家的未必就是藏王的大军。

将军被这个大胆又美丽的女兵吸引了，问她有什么高招。堆云说眼下大军继续等候在狭长的河谷中，人力物力每天都在无意义地消耗，一旦伤亡过重，给敌人造成反扑的条件，就会有全军覆没的危险。

堆云说得丝丝入扣，这是她近几天反复思索的结果。

将军听得直点头。

堆云说大军应该撤到水草丰厚的地方休整，她决定留下来，想法混进关隘，嫁给守关的头目，等待时机打开关门，迎接大军夺关。

将军为堆云的胆识和献身精神感动得难以控制自己的情绪，他同意了堆云的建议。堆云还催促将军即刻下令撤军，她担心穹扎夺关战死。将军果然就立即派人传令，大军拔营起程后撤。

大军撤去的第八天，堆云混在走商的马帮中成功地混进了关隘。

还有个细节得交代一下，堆云的童贞已在荒野里完整地奉献给穹扎了，她进关时，肚子里的小穹扎正在发芽。

堆云进了关就不走了，找了家客栈暂且住下。她很快就弄清了守关军士的首领是谁，都有些什么爱好。

那个首领叫朵布杰。朵布杰是健壮的意思，这个朵布杰的确膀大腰圆、豹头环眼，搭眼就知道此人勇武非常。朵布杰三十五六的年龄，单看眉宇间又深又长的三根竖纹就可以推断出此人是个久经沙场的角色。

朵布杰隔三岔五地到一家回民开的羊肉馆开荤，堆云瞧清楚了，就找到那家回民酒店的老板，她说她父母都得病死了，准备到甘南投亲，前途路远人生，她再也不敢走了，求老板收留她打工。老板初时还犹豫，经不住堆云的一再哀求，终于点头收下了这个陌生的打工妹。

堆云把自己收拾一通，羊肉店顿时亮堂了，老板都惊呆了，吃客们的眼珠全都定住了。堆云的美艳照人是店里所有人从没见过的。

堆云进店的第二天，朵布杰就来吃手抓羊肉了。纵然朵布杰是不近女色的男人，也免不了被堆云的身段和美貌弄得走了神。看着朵布杰的眼神，老板赶紧上前说了他所知道的堆云的一切。

那以后，朵布杰来得更勤了，但凡他一到，老板必定喊堆云照应。于是，堆云尽心尽力地侍候着朵布杰，把朵布杰乐得咧嘴大笑。朵布杰告诉老板，要是有人敢欺负堆云，就赶快告诉他，他会拧断那个胆大又不懂事的家伙的脖子。

朵布杰是个魔头，而且是个异常狡诈的魔头。魔头打了招呼，老板就只好把堆云当成先人对待，他后悔当初没有狠了心肠把堆云赶走。

一来二往，朵布杰离不开堆云了。

堆云的目标越来越近了。一次朵布杰喝醉了，把老板赶出门去，拦腰抱起堆云，醉步踉跄地走进老板的卧室，把堆云抛到床上就要剥她的衣服。朵布杰突然感到眼前寒光一闪，堆云手里已握住从他身上抽出的腰刀。堆云把刀横在自己脖子上，杏眼圆睁，她咬牙切齿地告诉朵布杰，要么就明媒正娶，要么她就死在他眼前。

朵布杰被堆云的烈性折服，他转身就走。仅仅隔了一天，他就派来了迎亲的队伍。朵布杰请了附近寺庙的喇嘛，二人抬的两把大莽号开道，红男绿女组成的队伍起码拉了一里路长。

回过头再说说苦命的穹扎。

穹扎接受不了堆云离去的事实，成天情绪低落、沉默寡言，精神的折磨让他很快就瘦得脱了形。朋友替他请来一个老藏医，老藏医看了他的面相，看了他的舌苔，翻开他的眼皮仔细看了他的眼珠，又对着他的耳朵轻轻吹了口气。做完了这一切，老藏医什么药也有没给他开，只是挺随意地对他说，孩子，出家吧，你的病只有神才能治啊！

军队驻地附近有座新建的庙，庙里住了两个来自印度的高僧，穹扎进庙要拜高僧为师，两个高僧欣然接纳并为他剃度。

虽说穹扎的事在有关资料中只有简略记载，但我相信这是真的。没上正史的原因有二，其一是穹扎的家族身份太低微，上层的贵族老爷们是不会为一个平民子弟是否出家而费劲的；其二是穹扎后来又还了俗。还俗后的穹扎过上了普通百姓的生活，他那二十来年的僧人生涯在人类发展史中，实在是昙花一现都算不上。能有类似野史的记载都得益于堆云的故事。

朵布杰不是那四肢发达头脑简单的粗人，他狡猾无比、细心无比，属于那种智商高疑心重，且心狠手辣的人。尽管他纳堆云为妾，他一样不准堆云靠近关隘的关键部位，比如城楼上专开城门闸门的缆绳房，关隘的城门不是人们所想象那种左右开启，一根大门闩拦腰一插就能关牢的那种，而是用厚厚的铁杉木板在太阳下暴晒，在沸水中长时间地蒸煮，接着反反复复地在桐油里浸泡，然后一次又一次地往木板上涂抹生漆，把三十层木板用木榫穿牢，用糯米熬成的浓汁搅上生石灰粘紧，外面再包上一寸厚的铁皮，铁皮上还要打上大铁钉，打造成刀枪不入、水火不怕的城门。城门是整块的，而两侧的城墙又是用坚硬无比、上千斤重的花岗石砌成，巨石中用钢凿打出深槽，巨大的城门就在城门两侧巨石的槽子中滑动，升降巨门的两根比大腿还粗的绳子，通过安了滑轮的大转盘控制绳子升降。绳子是上百根用雪山上的雪猪油精心揉制的牛筋搓成。

关键是转盘必须得12个人同时发力方能转动，就是有个把奸细混上城墙也休想升起千斤闸般的城门。

如此坚固的巨大城门，就算堆云能到城头上的转盘房里，她也束手无策。朵布杰是在醉酒时被堆云套出这一切的。那天堆云给朵布杰连灌了十个土陶罐的酒后，十分担忧地说要是松赞干布的军队攻破了城，恐怕就只有死路一条了。朵布杰醉醺醺地把堆云抱在怀里，告诉了她城门的秘密。朵布杰还说城墙上每天有三百名弓箭手值班，箭矢上都浸了剧毒，破皮就死人。堆云弄清了朵布杰共有三千名弓箭手，每三个时辰换一班人，每班三百人。

将军曾派人到关隘上与堆云接头，堆云告诉来人，夺关恐怕要从长计议。

堆云从来人嘴里打听到穹扎已出家的消息，悲喜交集。她悲的是她和穹扎该有个美满的家庭，就怪这该死的城门，使他和她都付出了无法弥补的代价；她喜的是穹扎没有抛弃她，穹扎对她的爱是没人能替代的。

孤灯苦经，但愿穹扎别在孤寂中麻木。

这个关隘成了藏王的心病，但毫无医治的药方。

等待中，一月又一月，一年又一年，转眼就是十年光阴。在寺庙里苦修了十年的穹扎终于还是忘不掉堆云，他以游方僧人的身份走了十多天到了关隘内。

穹扎住在客栈内，每天四处化缘。他不敢打听堆云的情况，一旦堆云的真实身份暴露，堆云会被剁成肉泥。

后来他看见堆云了，是站在远处偷偷地看的。他看见堆云依然光彩照人，袅袅婷婷的身姿撩动着所有看见她的男人的心。

堆云还牵了个十来岁孩子，孩子长得眉目清秀，那面孔，穹扎觉得似曾相识。

几天后，朵布杰过生日，穹扎混进祝寿的巫师中，巫师是本教徒，都是剃成光头的，而且有七八个。巫师们来自几个地方，穹扎混进去谁也没觉得有异。

在宴席上，穹扎看见堆云亲自挟了块肉喂进朵布杰的嘴里。堆云还依偎在朵布杰身边，满脸都是幸福。那个小孩子在朵布杰和堆云之间阿爸阿妈地叫个不停。

穹扎的心碎了。

穹扎恨自己的无能，十年前他要是有本事攻下关隘，那么堆云依偎的就不是朵布杰，那个小孩叫的阿爸就该是穹扎。

穹扎又回到了寺庙，他向师父讲了自己的苦恼，讲了堆云的今天。

印度高僧数着挂在胸前的佛珠，一个时辰后，慈爱地对穹扎说，孩子，你六根难尽，凡心太强，你与堆云姑娘还有一段尘缘，眼下堆云姑娘的心比你还苦。

故事就在又平常又不平常的光阴中发展。

二十年后，堆云的儿子长成个英俊的小伙子，他的名字叫石丹增，朵布杰专门请了几个武师，从小就教石丹增功夫，二十岁的石丹增英气逼人，力大无穷。

朵布杰明显地老了，他在石丹增十六岁那年找了个适当的机会让石丹增进军营当上他的副手。他从来就没有怀疑过石丹增是否是他的儿子，他的老婆没生育，长得又胖又嫩，朵布杰看着就发腻。在堆云之前，面对那片肥沃的土地，朵布杰差不多已忘记了女人的滋味儿，是漂亮又风情万种的堆云唤醒了他的男儿身。自从堆云生了儿子，在朵布杰眼里更是女皇，把她侍奉得舒舒服服。他的老婆开始翻白眼找碴儿折磨堆云了，堆云巧妙地让朵布杰知道了，一怒之下的朵布杰干脆休了他的老婆。

要说堆云的伟大，就体现在这里，无论朵布杰如何好，她始终没有忘记自己是穹扎的人。这有点类似关云长千里走单骑，曹操差点就给关云长跪下，任他要啥都给予无偿的满足，偏偏这个死心眼儿的关羽先生，就被个亘古称颂的“义”字套得晕晕乎乎，死恋着他那位八方亡命逃窜的刘皇叔。

石丹增二十岁时，朵布杰终于退居二线当上了“顾问”，关隘的防守他完完全全地交给了石丹增。精明一世、威武一生的朵布杰做梦也没有想到，堆云才是个大阴谋家，设计这个阴谋的运作时间居然长达二十多年。

那是一个值得被载进史册的日子，因为关键的转折是从那天开始的。堆云那天起了个大早，说是祭祖，叫上儿子石丹增就走出城门，到河对岸的沙滩上。堆云把点燃的香在沙地上插了两排，她拉着儿子朝着西北方向磕了三个头。她要儿子继续跪着，然后给他讲了二十年前的血战，历时半年的硝烟、将军的死命令、穹扎和堆云在河滩上的相依相偎。又讲了堆云的计谋、大军的撤退、穹扎的入寺为僧。

石丹增听得热血沸腾，他要是逢上那场战争该多好啊，也不枉男儿一场。同时又听得迷迷糊糊，阿妈讲的人物他居然有种似曾相识的感觉。

是堆云一语道破天机。

堆云说，设计谋的姑娘就是你阿妈我，准备战死沙场的穹扎就是你的亲生父亲。

石丹增肯定是惊呆了。试想，任谁碰上那种场面，也唯有惊呆。

石丹增迟疑地问，那我父亲，哦，那朵布杰呢？

堆云把接下来的故事讲了个底朝天。

儿子是彻底清楚了，他问母亲他该怎么办，堆云说松赞干布的大军不日将至，他要想法把城门打开。

石丹增明白，这绝不仅仅是开下城门那么简单，是杀戮，一场血腥的杀戮。他手下那些兵，都是朵布杰的旧部或旧部的后代，他们中的大多数是守旧的，要逼他们屈服，就得向他们举起刀来。这些兵，对石丹增的服从与对待朵布杰一样。他们非常拥护新首领，石丹增犹豫不定。

聪明的堆云知道儿子的心思，她告诫儿子，战争不是牧羊。

石丹增还是说，朵布杰从小就对我非常好，我这身功夫也是他为我请的师父教的。

堆云说，他把你阿妈霸占了二十多年。

石丹增说，你不是自己嫁给他的吗？！

堆云语塞了，是啊，儿子率直，他说的却是实话。

但是痴心的堆云努力去想二十年前的那幕惨烈，不去想朵布杰的种种好处，然而，那些相敬如宾的画面老是占据堆云的思维。后来堆云还是心软了，决定不杀朵布杰。

堆云花了二十两银子给一个前往甘南的丝绸商，仅仅为了托他捎句口信给甘南那座寺庙里有个叫穹扎的出家人，就说一切都好，请家里赶快来人。

堆云是关隘首领的母亲，商人不敢把这句话丢失在路上，老老实实地捎进了穹扎的耳朵。二十年的孤灯经卷没有湮灭穹扎的灵性，当他听到商人捎来的消息时，心底潜藏的火山喷发了，他欣喜若狂地跑向军营，向老将军（当年的中年将军也老了，本来藏王要他解甲归朝，每天议议事即可，然而将军谢绝了藏王的好意，他说如果不拿下理番的关隘，誓不回拉萨，老将军隐隐感觉到，堆云的计谋快要成功了）禀告了等待多年的特大喜讯。让岁月熬炼成熟的老将军心里虽说很高兴，脸上却依然一如平静的水面。他决不能放过这次心血熬成的机会，一旦放过，他只有以死谢罪。

穹扎要随军去，老将军答应了，但不准他再率队冲锋。大军悄悄准备的同时，连续几天，老将军都零零星星地派出化为走商的战士先行。这些战士混进了关，设法与堆云接上头后各自找客栈住下。石丹增虽然心里难受，但他完全照母亲的意思行事。他偶尔听到一个消息，说被朵布杰赶走的老婆，嫁到了几十里外的寨子，还一连生了三个娃娃。这个消息印证了母亲没有说谎，他的亲生父亲的确不是朵布杰。

石丹增首先漫不经心地告诉朵布杰，守城兵士中有不少人老了，走路都喘气，几乎丧失了战斗力，一旦有了战争，他真不知道该咋办。

朵布杰要他及时招兵，招那种可靠的子弟兵。石丹增说能招的子弟兵差不多都招完了，因为很多老兵至今孤身一人，根本无子弟可言。朵布杰说那就到附近的寨子上去招。

朵布杰一句话，正中石丹增之意。石丹增立刻分期分批把化装而至的战士招进兵营，装模作样地训练几天后，便全部安排到城楼上值班。大军到的那晚，城楼上已全是藏王的战士，石丹增一声令下，城门在一阵紧凑而令人心悸的“嘎嘎”声中张开了黑洞洞的嘴。

藏王的人马一个冲锋就非常轻松地踏进了关隘。守军们开始在街巷间、坡坡坎坎边抵抗，蜂拥而入的大军潮水般很快淹没了软弱的抗争。

遍街都是死尸，那血水，就在街边的低凹处流淌，剩下的守卫兵士还是有部分投降了，投降的都是年轻人，老兵们都战死了，年轻人想得更远些。

堆云站在自家门口，她告诉朵布杰，城门被攻破了，要他千万别出门。等将军进了关，她求将军别杀朵布杰，将军答应了，并要她带领进屋，去亲自会会当年守城的悍将到底是个什么样的人物。没想到朵布杰自杀了，就在火塘边用他封存了几年的腰刀抹了脖子，血把火塘里的火都浇灭了。

堆云大哭一场，她哭得很真，哭得在场的人，包括将军在内，都心酸难受，好像大家面对的是自己的战友或亲人。

随着第二批将士入关，穹扎也进来了。穹扎和堆云相拥长泣，这对苦命人儿，为了打赢这场战争，付出的代价太大了。

穹扎和石丹增父子俩也相认了，由于从来就没接触过，除感慨地唏嘘一阵，父子俩就没有再制造出大悲大喜的场面。

将军做主，让穹扎还俗，家人团聚了，一个悲壮的故事也就有了结局。

后来穹扎和堆云都没回到阿里或甘南，他们就在理番境内一处很高的高山小寨子定居下来，从此与世无争，每天放牧的放牧、种地的种地。儿子石丹增经过了这一场见血的战斗，一门心思想打仗，就随藏王的大军南征北战去了。

据民间传说，穹扎和堆云的后人现在很多。我是相信这个传说的，尽管没法弄清谁是谁不是，历史的乱麻谁也理不清。后来细细一想，还不如权当我就是穹扎和堆云的后裔，因为我聪明、稳重，思维活跃，智商肯定偏高，而且我是过去的理番，今天的理县人，尽管职务仅仅是个家长。

想犯错误的小僧人

七月的草原风光迷人，一眼难以尽收眼底的大草原上五彩缤纷，各种颜色的鲜花令人赏心悦目。

我就是嗅着七月的鲜花进的草原。那天的天气很好，蔚蓝的苍穹悠远而清朗。几朵洁白的絮云白得不真实，可以想象，驾云的肯定是有名望的菩萨。

路边的帐篷是专门售酸奶的销售点，那些从草原深处不同方向奔来的人，马背上都驮着铁皮制成的奶桶，那些汉子那些姑娘，个个脸上洋溢着收获的喜悦。

收获的季节总是这样。

至少我是兴奋的，忧愁和烦闷都应该让冬天负责。

我真被沿途的鲜花熏醉了，车上放着藏族歌曲，我吹着口哨听着音乐，好不惬意。我到热尔大坝是上午十点过，穿过大坝的路很直，大概有三十公里左右，我驾车到接近大坝核心部位时，看见路边的草地上有个红色的身影，仔细一看是个僧人，而且他仰躺在一大片浅蓝色的小花中间。

我把车靠边，缓缓地停下。

我背着照相机，走到躺着的僧人身旁盘膝坐下。花儿真香，沁人心脾。僧人的年龄不大，也就二十来岁，模样还挺英俊。对于我的到来他并没有什么特别的反应。见多了，见多就不奇怪了。远远近近已开始陆陆续续有旅游者到达。乱七八糟的各种照相机到处都是，更何况我这人本身就不特别，一个显然是营养过剩的胖子，开一辆眼下档次算最低的北京吉普，背个挺一般的照相机东游西荡，在小僧人心目中我肯定被归了类，归入到饿不死，也撑不死，有两个余钱就到处闲逛的角色。

我掏出兜里的中华烟，递了根给小僧人。小僧人欠身接过香烟，凑到我朝他递过去的打火机上点燃，深吸一口，由衷地说，你这烟不假。这小子，看不出还是鉴别烟草真伪的行家，大概烟龄不会太短。

我问他是哪座寺庙的。

他坐起身，只是笑笑，却不回答我的提问。

我说，庙里准你们抽烟吗？

他摇摇头，当然不准。不过，想抽烟了，总找得到地方。

我注意到一个细节，小僧人跟我说话时，那双眼睛老是越过我的头顶。我扭过头望去，百多米外有顶帐篷，帐篷外有几个红红绿绿的身影。小僧人的心大概就拴在那顶帐篷上。是什么东西会使一个青年男人魂牵梦绕？当然是姑娘。

我冒昧地说，你喜欢那边的某一个姑娘，肯定是。

没想到我这句话像把钥匙，一下子就打开了小僧人的话匣子。他说他在噶尔寺当和尚，他们庙子每年的这个时候都让大家回家帮家里做些事。和尚们有放单回家的，也有几个人邀约在一起，到各处寨子里或城里的有钱人家去做法事的，也有的到西宁到成都甚至到上海北京去玩的。他还告诉我，他已经当了九年和尚了，从十岁开始，又学藏文又学念经。

小喇嘛才十九岁，这个花季年龄的小伙子，在清一色男性的寺庙里待得住吗？想想城里的少男少女们，蹦迪、泡酒吧、唱卡拉OK、郊游，玩得有多开心，小僧人的日子就显得少了许多色彩。

我也仰躺在草地上，那些鲜嫩的花儿就在眼前晃动，天上的云在漫步，草原边缘的山峰也在走，地心深处的轰鸣是地球心脏的搏动、血脉偾张，小喇嘛复又躺下，我俩仅隔半步，与天地合一，太美了。

小僧人说他叫彭措，他哥哥犯错误从寺庙回家后，他就去接着当了小僧人。他说前面帐篷边那个穿着绿色衣服的女子跟他从小就是邻居，会爬时就天天在一起，骑羊，骑牧羊狗，追野兔。热天，大大小小几十个娃娃都在黄河边的浅滩上戏水，太好玩了。现在大家都大了，就不能像小时那样在一起游戏了。

彭措说得很随便，我仔细瞧了瞧，他的神态里没有丝毫的轻浮和淫邪，他留恋率真的情感，留恋两小无猜的交往。那种受年龄局限的童真是无法重复的，小僧人显然另有所思。我问小僧人，你准备一辈子当僧人？

小僧人彭措侧过头对我投出疑问，我被他弄糊涂了，接下来该怎么解除小僧人的疑问？最好是什么也别说，免得把自己推进不被理解的尴尬。

不出所料，小僧人自言自语地说，我也想犯错误，像我哥哥那样，跟一个女子好了，寺庙就会让我回家。师父说我资质好，天生就是当僧人的料，可我，还是想回家。

我说你还了俗你们家里谁又来当僧人呢？

他说可以让我的侄儿去，就是我大哥的儿子，今年八岁，我大哥都同意了，家里最好有人在庙里当僧人，那样家里的其他人都会很顺。

哦，又一种轮换。难怪，寺庙的香火永远那么旺。

你是爱那位姑娘的，我先入为主地肯定了小僧人的爱情。

小僧人的情绪有些低落，从他的声音里就听得出来，他的嗓门一下就低沉了，叹口气后，他说有个城里人正在托人说媒。

我说，是本地的藏族人？

他叹口气，是成都人。

成都人居然向当地牧民的女儿求婚，新鲜事。不会是玩一把就走吧？我问小僧人，是不是下放锻炼的？小僧人无奈地摇摇头，说是在草原长大的成都人，他父母都是援藏留下的老干部。

没辙了。公平竞争，人家可能是认真的。

我说了几句安慰小僧人的话。

小僧人又摇头了，苦笑一下，他说他每年放假都会把家里的牛赶上一小群，找到姑娘家的放牧点，就在附近安营扎寨，找些理由帮姑娘干活。他非常沮丧地说，去年我去帮她打牛粪饼，帮她把奶桶背到路边等奶粉厂的车，她都对我很好，熬奶茶给我喝，还煮手抓肉，今年就不一样了，我帮她干活，她的眼睛却望着远方，只是问我喝不喝茶，却忘了给我倒，还是她阿妈给我倒了碗茶。

我在心里替彭措惋惜，彭措啊彭措，姑娘的眉眼间的表示就是无遮无拦的爱情晴雨表，姑娘是没耐心再等了，谁知道你什么时候犯错误还俗。对你的漫不经心就是明显的移情别恋。他自己也意识到了这点，我猜他是灰心丧气后，再也没有力气去给姑娘做事情了。

我虽然没尝过失恋的滋味儿，但我身边有几个曾经失恋的朋友，当年他们失恋那副模样，给人造成世界末日的感觉，长吁短叹，烂酒消沉，满脸死灰色，小僧人比他们强多了，他的表情中还没有过分的黯淡。

远处的公路上拖起一股烟尘。

眼尖的小僧人低声说，他来了。

几分钟后，一辆桑塔纳轿车停到了我的车后面，车上钻出个体格健壮的男人，大概三十出头的年龄，手里提了个蛇皮袋，鼓鼓囊囊的装满了东西，步子沉稳，脸上布满喜色，一副稳操胜券的表情。

我拍拍小僧人彭措的肩，怕他太沮丧，小僧人却说，在整个若尔盖他还没有见过第二个有她漂亮的。

难怪他痴心不改。

职业喇嘛

有句老话说，世上有各行各业，行行都能出状元。僧人这个行业也一样，在整个藏域，我走过很多寺庙，每个寺庙犹如一个相对独立的行政机构，在佛教的大规则下，各自都有根据本寺活佛意愿制定的一些规矩。

例如在若尔盖县的达扎寺，该寺活佛是生活非常严谨的人，他从小当活佛，出国到过印度，到过加拿大，到过尼泊尔。他学识渊博，待人宽厚。我还在马尔康工作时就听宗教局的朋友说达扎寺的活佛在众多活佛中的种种不简单。

堪布这个职称相当于大学的教授，他们一辈子都在经卷的海洋中畅游，大乘佛教的各种著述，来自印度、尼泊尔的各教派专著，本教派的历史，都是他们需要弄懂的内容。他们谈起释迦牟尼津津乐道，说到宗喀巴眉飞色舞，还有八思巴之类的重要历史人物，一旦开了头，便会绘声绘色地娓娓道来。

他们从书本中学习，又把书本中的文化，如占卦术、天文地理、医学、转世轮回的学说等传授给正在求学上进的小僧人们。

他们学富五车、满腹经纶，缺的是具有开拓意识的独创性。更多的时候他们总以为前人所说是不容推翻的依据，他们或许没有认真地想想，前人，特别是成为一代宗师的前人们，正是在剔除历史中的腐朽成分，创造集众家智慧的新鲜理念，统归成新的一体，才使佛教的辉煌传承至今。

我做过一个调查，这些大大小小的活佛，他们为自己所热爱的职业而生存，乐施好善，普度迷途中的人们是他们的主要存在价值，当然，也不排除其中个别人怀有其他目的。

在世界这块版图上，西藏差不多还是块未开垦的处女地，对这块处女地垂涎的老外大有人在，从上上个世纪之初，英伦海峡的老牌帝国主义就以武装侵犯、制造血腥战争的残暴方式做过吞并的尝试，失败是肯定的，因为他们把自己看得太强大了，强弩之末用到他们头上正合适。历史的经验证明了，一个人必须热爱自己的国家，才能做到真正爱自己的民族，才能真正爱自己家里所有的人。

扯远了，再说说红原麦洼寺庙的喜喇活佛。喜喇活佛与众多的活佛一样，在“文革”中受到不公正对待，他却把这一切归缘于命，他说：“这是国家的灾难，我自己受点迫害是小事，我不责怪任何人。”生活中，他非常俭朴，他的居室里没有像样的床，没有席梦思，没有高档的沙发，他习惯睡地铺。

喜喇活佛的资金来源靠所有的居士捐奉，特别是改革开放以来，寺庙接受的捐赠款项数目巨大，他把这些钱都积存下来，准备大兴土木，修一座规模空前的世界和平塔。这是他毕生的宏愿。一座面对世界的和平塔，顾名思义，意义非凡。塔基已经挖成，建筑在即。据他身边的小僧人讲，资金的缺口还比较大，活佛正在筹措。人的一生，贵在有个生存目的，其他都不重要。按理说，喜喇活佛凭寺庙里已拥有的资金，凭他遍布草原的人缘，平时奢侈一下是完全有条件的。他却不，就是到成都治病，到香港募捐，他都住在俗家弟子家中。吃的就更简单了，几样蔬菜，或稀饭或馒头，吃饱了事。喜喇活佛心胸宽广，善待于人。有位女居士，“文革”中是“造反派”，一次斗争喜喇活佛时，她打掉了活佛几颗牙齿。“文革”结束后，女居士因自己的过去受到良心的谴责，到寺院里真心忏悔。喜喇活佛不但没怪她，反倒安慰她，告诉她，每个人的一生都有在迷途中走失的时候，或长或短，一旦醒悟了，就是福。喜喇活佛了解到她生活困难时，还让寺里的管家送给她一些钱物。

她顿时热泪满面，这是真诚的忏悔，来自灵魂深处的反省。

喜喇活佛还有些很神奇的本领，比如寺庙里的人谁要是犯了错，他会知道；谁病了，病到什么程度他也知道，而且立即就会派人催促对方住院，如果家里缺钱，他会让人把所需的钱送到病人家。最令人难以释疑的是甘孜州新龙县措卡寺的住持次准丹真不当住持，移驾长住麦洼寺庙，一次咳嗽，本人都不觉得有啥，偏偏喜喇活佛就算出他的病不轻，立马派人送去三千元现金，并派人护送他到州医院，一检查，是肺癌早期，经及时医治，次准丹真在十年后的今天依然健在。

从喜喇活佛身上我们可以看出他普世济世的情与爱。他热爱自己的事业，他把弘扬佛法作为自己的毕生追求，在他看来，个人得失对一项有意义的事业来讲，根本算不得一回事，面对他如此博大的心胸，我觉得汗颜。

第四章 经幡和佛塔

经幡和白塔都是佛教的两种外在表现形式，你一旦进入藏区就会强烈地感受到它们的存在和不容忽视。可以这么说吧，有寺庙的地方，肯定有塔有经幡，没有寺庙的地方，同样有经幡有塔，区别仅是规模而已。

当然，佛教的所有外在形式，都是因人而起，因人而灭，总之，它是以神的概念为人服务的。内地有不少人对佛教的表现形式存在不少误解，他们认为像经幡像白塔之类的客观存在是为观赏而存在，是寺庙里的僧人吸引游人的一种方式。这是不懂佛教的人胡乱猜测。

其实，佛教的每一种形式所包容的内涵极其丰富，信手拈来都是感人至深的故事。但凡进过藏区的人，无论你是坐车，还是徒步跋涉，在蜿蜒的公路上，在寨子的后山或两侧，还有很多的高坡上都能看到数目不等的经幡。而且每处经幡都有不同的故事。如果是就经幡而经幡地释义，几句话即告清楚。经幡上那密密麻麻的经文，有的是超度亡灵，有的是保佑平安，有的是祈求神灵赐福，也有驱鬼逐魔的，内容丰富而复杂。

再释疑“经幡”一词，“经”即经文，“幡”就是条形旗，在条形旗上印经文，把它绑在杉木杆上，朝野外一插，在风的鼓荡下哗哗有声，经幡经过一整天的风吹，就等于借助大自然的神力把旗上的经文诵读了无数遍。

其实经幡的作用是延伸了的，它发端于1000多年前吐蕃王朝时期，当时吐蕃时期的军户，即家里有当士兵的人，最初是在门上立根长矛，以示与平民家庭的区别。后来长矛被顽童们抽去玩耍，于是改为小旗，某一天谁家旗上印上了经文，就有人跟着效仿，后来反倒没有最初的素色旗了。

这也是一种变革。因势而动的聪明的变革。

小经幡现在藏区依然存在，一般插在门楣上。有了小的必然就会有大的，像大寺庙门前广场上的经幡，就不是简单的木杆了，而是粗的大柱子，上面的经幡奇大无比，在风中发出的响声震耳欲聋。除大昭寺外，一些大的寺庙也立有经幡柱。

而白塔就没有经幡那么普及了。这与制作难度和特殊的内容有关。

为战友插上的经幡

成阿公路是成都到阿坝县（现阿坝州）的公路，始建于20世纪50年代初期。筑路大军是野战军改编的公安部队。当时，出于战略需要，路建得很快，公路修到阿坝县，平息叛乱的战斗就打响了。

半个世纪眨眼就溜得无影无踪，那路也从坑坑凼凼的土路变成了油光水滑的柏油马路。老名称虽然还在，路却像入了土的树根，触须伸向了四面八方。往西与甘（肃）、青（海）接壤，往北可直通陕西，南边即与甘孜州的丹巴县相连，至于县区乡之间的公路就数也数不清了。

从成都出发，到了二百六十多公里处有个地方叫米亚罗，走完米亚罗镇，尽头有个烈士陵园，规模不大，就掩埋了一个班的筑路大军。大概是公安二团的，全部来自内地。“文革”前吧，我曾见过烈士陵园外的公路边上立了好几根笔直的云杉树干，上面是经幡。暑假时，我到米亚罗同学家玩，几乎每天都要见到一个五十来岁的人长时间地坐在河边的石头上发呆，就在那些经幡下。那时的我十多岁，还不懂大人的悲伤和怀念是怎么一回事。同学的父亲是川西林业局的老工人，他给我们讲那个河边的人，他说那人就是当年筑路大军中的一员，是筑路时牺牲的那班军人的战友，他还说那一班人用炸药炸岩石时炸出了条大腿般粗的大蛇，大蛇呈金黄色，盘踞在需要整理的路基中间，怎么轰都岿然不动。班长急了，修路的任务既重又紧，半天的工夫都让这条蛇给耽误了。

班长回营房扛出一挺轻机枪，当地藏族僧人见了忙劝阻，说那条蛇不能打，再耐心地等等，它会自己走开的。

班长又等了一个小时，那蛇兀自不动。

这时排长来了，见该班全体歇工，这还了得，工期那么紧你班长竟敢带头窝工。排长把班长好一顿训。班长说了那条蛇，排长更是大发雷霆，说和尚是讲迷信的，你一个信奉无神论的共产党员居然被一个迷信的和尚左右，成何体统！

班长终于咬牙切齿地端起机枪一阵猛扫，据说岩石上硝烟成团，根本看不清物体。枪声一停，只见一团金光一闪。待硝烟散尽，人们惊呆了，刚才大蛇盘卧的地方弹痕累累，大蛇却了无踪影，现场没有一滴血，没有一丝肉。人群中围观的那位和尚，满脸悲色，一步三摇头地朝山沟走去。就在那天黄昏，惨案发生了。一个班的战士在做收工前的努力，正挥汗如雨地打炮眼、搬运石块时，一声巨响，坡上的数百吨土石方轰然塌下，十二条鲜活的生命瞬间消失。战友们从乱石堆里挖出的尸体个个血肉模糊，惨不忍睹。他们都才二十岁左右啊，当地群众和筑路大军的战友们都痛哭失声。

后来有人说他们不该拿枪打那条大蛇，传说越来越多，越来越丰富，真假难辨。

同学的父亲讲完了，唏嘘不已。他说要不是那个排长跑来逼他们，他们或许就不会开枪打那条蛇。

当时有个想法在我心底猛地一闪，那个在河边发呆的人该不是当年的排长？第二天我邀上同学，急急地跑到河边，果然那人还坐在经幡下。我们下到河边，那人无视我们的到来。几个娃娃的顽皮，有什么值得注意的？不被他重视的几个小孩偏偏去招惹他，走到他面前，什么过渡性语言也没有，突兀地就问，你就是那个骂人的排长吧？

那人愣了，眼神里闪烁出我当时看不懂的东西，他什么也没说，缓缓地站起身离去。

今天回头一想，其实那人眼神里闪烁的异样就已经明确告诉了我，他就是那个排长。后来我才听说，河边的经幡是他花钱买了两大包马茶、二十斤白酒，请人做的，经幡上的经文是请一位道行高深的僧人写好印上的，上面的内容有每个战士的姓名、籍贯、出生年月、英雄事迹，有超度亡灵的经文，可谓藏汉合一，别出心裁。他转业后本可以留在城市工作，他却主动要求到米亚罗岷江水运局一个工段就职，什么职务也不要，就当了名炊事员，逢年过节，就要到河边祭奠一番。

“文革”后，河边的经幡没有了，烈士墓依然存在，墓碑后有个小塔，顶端塑了个高举锄头的战士。这些为国捐躯的小伙子们在天有灵的话，应该感到欣慰了，他们为之付出生命的公路，早就变成大动脉了，路面平整宽敞，车水马龙，热闹非凡。

我的朋友塔尔平

最近一些日子，特别想到我童年就熟悉的地方走走。去年，驾车到古尔沟温泉洗澡，晚上泡了几个小时，洗完澡睡了个好觉。古尔沟的温泉很美，水质非常好，不知从哪朝哪代开始，远到甘（肃）、青（海），甘孜的丹巴、德格等地，方圆上百公里的藏族人都有秋季到古尔沟洗澡的习惯，温泉的泉眼在沟内八公里处，那里有个上百吨重的大石头，石头两边各有一个泉塘，泡澡时，一边是男一边是女，谁要是不老实想偷窥，爬到石头顶上即可。远处来的人就在温泉四周搭上帐篷，安营扎寨，一住就是半月或一个月，每天早晚泡浴，有皮肤病的，半月后康复如初，他们每天还在泉眼处丢鸡蛋煮，泉眼的水温高达70℃以上，煮熟鸡蛋是没有问题的。在那里他们从不烧茶，每天就舀温泉水喝，连着喝上两天后，大小便无比通畅，半月后，有轻微肠胃病的不治而愈。

这不是打广告，更不是吹牛，因为我自己就尝试过。

第二天我起得很早，到公路边的小店吃了两碗稀饭，吃了个小店老板自己吃的烤玉米饼，饼又酥又脆，城市里吃不到，城市里的玉米面少了原汁的香味儿，菜是熟油辣子拌的咸菜，这顿早饭，吃出了我久违的乡情。

从成都出发我就有个计划，要到一个地方走一遭，这个地方叫望乡台，在古尔沟温泉与沙坝乡政府之间，从古尔沟出发很近，约莫五公里就到了。顾名思义，望乡台是个很陡的坡。我肩上挎了个包，包里有香有蜡，还有酒和几样时令水果。

我去的日子是九月。

秋季是个收获的季节，就连山上的动物也肥得流油。我去凭吊一个朋友，是顺道，也是专程。

我之所以不开车，是因为在古尔沟走路很美，清澈又湍急的河水里那跳跃的浪花绿里泛白，绿得喜人，白得耀眼。两岸的山更是雄峻险奇，遒劲的松柏在峭壁的褶皱里展示岁月堆积的力量，观赏了这些景致，每个人都会感受到非人体的雄性浸淫。

五公里的路我走了大约两个小时，我的目的地是个豁口，两头的公路都很宽，到了这里就像被谁狠狠捏了一把。豁口上布满了绳子牵的经幡，我记得首先是五个和尚在豁口下的河滩里搭的帐篷内整整念了七七四十九天的经。和尚们得到了丰厚的报酬，每人两千元现金，带队的和尚说这钱他们会上缴寺庙。和尚做的特别说明其实用不着，国有国法，庙有庙规，他是怕我们用世俗的眼光看待他们所收的钱，但我们不会。总之，那些密密麻麻的经幡都是和尚们弄的。

从这些经幡上，可以看出两种文化的交汇。经幡有红黄绿白蓝五种颜色，上面印有从中原五行学说中移植的九宫八卦图案，然后就是各种内容的经文。经幡所用五种颜色是有讲究的，不是什么色都可以往上凑。经幡上的五色分别象征蓝天、白云、火焰、绿水和大地，它还有另一层意思，即代表金、木、水、火、土等五行。

在西藏，家里悬挂的经幡更是讲究，几乎都以年长者的命相为主幡的颜色，如属木的则用绿色，属金的用白色，属火的用红色，属水的就用蓝色。主幡的镶边还有考究，用五行相生相克的原理，例如主幡是属木的绿色，绿是水，水生木，镶边就要用蓝色。规矩很多，讲多了就枯燥。还是说我的朋友吧。

我的朋友叫塔尔平，是个非常英俊的男子汉，一米八的个子，身子骨健壮得足以气死牛。

塔尔平祖籍昌都市，具体出自哪个寨子我不知道，他本人也不清楚，他说他问过父亲，他那六十五岁的父亲嗯了半天居然也没说出个子丑寅卯。我们藏族什么都可以骄傲，唯独在寻根问祖方面逊于汉族，因为我们大都没有族谱，如果有族谱的文化遗产，我的朋友塔尔平就不至于因为说不清祖宗的根源而对我表示出深深的歉疚。

我与塔尔平的相识是在马尔康的桥头茶馆里，一个夏天的中午。那天我约了单位同事小张，我俩在树荫下找了张桌子坐下。树是白杨树，要两人合抱才能抱住树干的老白杨。透过树的绿色枝叶，梭磨河水柔顺得像个初恋的少女，很美，令人遐想。

大概一点过，从金川的方向开来一辆东风大货车，车上拉的圆木。车停靠在茶馆外，从车的驾驶室里下来一男一女两个年轻人。两人走进茶馆，到处都坐满了人，只有小张和我用的这张桌子还有余地。

看得出，小伙子是司机，女孩子大概是他的朋友。小伙子很礼貌，先问了问，老师，我们能在这儿坐坐吗？

尽管坐。我说。

小伙子浑身上下很干净，如果不是亲眼所见，凭空猜测猜不出他是干啥的。

小伙子说了声谢谢，落座的同时自我介绍说，我叫塔尔平，她叫央珍，是我的女朋友。

就这样，我们认识了。

塔尔平是个体户，他的女朋友是县政府的打字员，长得很漂亮，那么漂亮的姑娘，追她的人肯定不会少，偏偏她就跟上了干个体司机的塔尔平。央珍不会是盲目的，这当中有她自己的道理。

塔尔平是个热心人，对钱财看得也淡，那天第一次接触就替我们把茶钱付了，而且不声张，直到我和小张准备离去高声叫老板收钱时，老板老远就说你的朋友已付了，我问我的哪个朋友，老板说就是你们同桌喝茶先走的那两个。

后来我们再一次接触是在两个月后。我到红原出差，回程中，我们的车在马塘附近抛了锚。司机检查后沮丧地摊摊手说，毛病不大，但修理很复杂，车上一没工具，二少材料。司机的无奈使车上的人纷纷下车，解手的解手，到河边到林子里耍的耍，司机说唯一的办法只有他搭个车，到刷马路口的修车店请人来修。

说巧也巧，正束手无策时，塔尔平驾车来了。一面之交的他居然认出了蹲在路边的我。

佛家讲缘，塔尔平和我认识或许就是缘分，其实我们在一起的时候并不多，关键是相互之间的感觉非常好。

塔尔平停下车，下车来拉住我的手亲热地说，索朗老师，你好啊，其实你的名字我早就知道了，看样子我是注定要成为你的朋友了。

塔尔平知道了我们遭遇的窘迫后，二话没说，立马调转车头拉着我们的司机到刷马路口请修车师傅。

那天等车修好，已是入夜十点过，塔尔平就一直陪在我们身边，大家一起聊天，一起唱歌。在野外唱歌别有一番情趣，塔尔平歌唱得非常好，嗓音浑厚，抑扬有致，而且技巧把握得恰到好处，不像是自由嗓门任意吼叫。我问他是不是参加过专业培训，他腼腆地说他自己花钱到四川音乐学院请声乐老师教过，时间断断续续，前后差不多学了大半年。他唱草原上的藏族民歌简直绝了，不知不觉就把你引入胜境。

从最低音哼起，音阶在悠扬舒缓的过程中一节一节拔高，到最高点后又一节一节低下来。要是闭上眼睛听他哼，脑海里马上就会浮现出一望无涯的大草原、云朵般的羊群、点点黑色的牦牛、骑在马背上纵横驰骋的牧人，画面美极了。

那些专业的音乐工作者真应该到大草地上认真走走，像塔尔平这样的民间音乐高手，说不定比他们当中的一些人唱得更好。

回到马尔康，我执意要请塔尔平吃饭，他欣然答应，没有习惯中的那种客套。军分区有家餐馆在马尔康很有名，反正全车人加塔尔平共有七八个人，我决定那晚倾尽身上所有，好好地喝一顿酒。

塔尔平兴致很高，他一个劲儿地喊菜，什么高档他叫什么，酒呢他叫上五粮液。他这么个叫法叫得我的心悬到了喉头，就凭兜里那几个钱，结账时恐怕会出洋相。

席间，我给身旁的老杨递了个眼色，然后起身到外面，老杨出来了，我让他把身上的钱借给我，老杨掏出身上所有，大概有五百多，有了老杨借给我的钱，心里不太慌了。

吃完结账时，塔尔平伸手按住我掏钱的手，他说今天是你请客我付钱，下次我请客你付钱，索朗大哥，难得跟你们在一起高兴一次，给我个面子。

幸好是塔尔平结账，如果我结，还得出洋相，那顿饭吃了三千多元，喝了六瓶五粮液，光酒钱就两千多块。难怪塔尔平使劲叫菜招酒，他早就做好请客的打算了。

那以后我们成了好朋友，他经过马尔康都要在我那里打一头，有时找个地方喝茶，或吃顿便饭，如果我们都忙，见个面打个招呼就行。

塔尔平给我讲了很多关于他的发展史，他说他是家里的老幺，小时体弱多病，家里人送他进寺庙当了小喇嘛。在寺庙里待了几年，身体的确就变好了，是庙里的仁波切（活佛）经常给他调配些藏药吃，饮食上也很照顾他。老活佛到草地上挖了些疙里疙瘩的草药，拿来炖鸡给他吃，连汤带肉吃得精光，就那么又补又治疗地搞了一年多，身子骨就出奇地强健起来，饭量也大了。

塔尔平对老活佛感激得不得了，他还俗后每年都要去探视老人。

塔尔平成人后受不了寺庙的清心寡欲，自己偷偷跑回家了。寺庙派人来找他，并说理解他擅自离寺的心情，决不会责怪他。塔尔平就是不回寺庙。再后来活佛又派人来专程告诉他，说专为他打了卦，卦象说，他中年时会有灭顶之灾，只有在寺院里才能避过灾难。

灾难对人的恐吓作用是很大的，灭顶之灾就是说灾难后你将不复存在。危及生命的预言也没能扭转塔尔平的念头，倒是家里的父母兄妹着了急，反复做工作劝他回到寺庙避灾。铁了心的塔尔平就是不回去，他提出个明显不可能、近乎荒唐的要求，说寺庙要是准许他将来结婚，他就回去当和尚。父母亲被他弄得哭笑不得。

塔尔平终归没回到寺庙。

据说老活佛因为塔尔平连连摇头。

塔尔平认为当和尚是种活法，但他更喜欢另一种活法。他对活出质量一说不以为然，他说质量到底如何还不是自吹自擂，或是请朋友帮忙吹，他是要活出味道，就像炒得好的菜，跟吃饱没多大关系，关键是要吃得舒服。

这家伙还蛮有哲理的，他书读得不多，就是在寺庙里学的藏文，还俗后读了小学，仅此而已。看来富有哲理的只言片语不一定非要哲人才说得出来，对生活有想法的人也能时不时地吐出惊人的语言，他们的理念来自现实生活，听来入情入理。据他说他读书时在班里成绩最好，那些课本，老师讲一遍他就懂了，而且能一字不漏地背下来。小学读完了，他就再也不好意思读书了，原因呢，他是全班的大龄生，小学毕业，他已二十一岁。那个年龄，人家大学都该读完了，他却刚把小学完成。

读完小学，他就非常满足了，能看懂报纸，能看懂想了解的文字，够了。

塔尔平对政策的精神领悟得很早，他反复琢磨，可以想透文字背后的意思。改革开放之初，银行开始执行让一部分人先富起来的政策，发放无息贷款，塔尔平就占了个先。他在别人还只敢试探性地贷几千块钱时，就一次性地贷了十万元，把全家人惊得目瞪口呆。钱到手他很快就买了两台东风大货车，搞木材运输，他请了两个驾驶员，自己跟其中一个学开车，两个月下来，他完全可以独立驾驶重车了，而且走程序拿到了驾驶证。很多人都说，塔尔平身上有股子灵气，平常人没有的灵气。

眼看贷款就要挣够了，一辆货车却从鹧鸪山半腰栽到几百米的岩下，后果是车毁人亡，所挣的钱全部赔给了死者。贷款到期了，无可奈何的塔尔平只好耍无赖了，他指着剩下的那辆车说所有财产就这辆车了，你们把车收去，能抵多少算多少，剩下的我只好坐监狱抵了。

已经跑旧的车值不了两个钱，再把塔尔平送进监牢，银行的亏就吃大了，银行为了让塔尔平还上这笔贷款，专门派了两个人，一人在山里帮他找出山的货，一人蹲在成都找进山的货，把塔尔平高兴得不亦乐乎，他一点也不操心货源，过去多数是放空回家，银行的人一出面，他就财源滚滚了。他不要驾驶员帮忙，完全自己操作，不到两年，贷款就还完了。

塔尔平啊塔尔平，正该大展宏图的时候，却一头栽进了杂谷脑河。

公路边太窄，我绕道下到河谷，找了块沙地，就在河边坐下。仰头望去，遮天蔽日的经幡在河风吹拂下哗哗作响，那些蝌蚪大小的经文在阳光的照射下跳跃不已，像无数个精灵在欢呼雀跃。于是我想到了塔尔平的热情，是他见我来了，手舞足蹈地欢迎我。

我取出香蜡，还有一沓冥币，数目巨大，有几个亿，塔尔平这样的优秀人物，我一定要让他在地府挺直腰杆，做一个伸手就能给阎王几百万小费的富豪。塔尔平虽然没有深厚的文化底蕴，但他灵魂深处的气质，是真正绅士的。

我点上香和蜡，在沙地上并列插了两排，还摆上两瓶五粮液。我说，兄弟啊，这酒都是带给你的，你不要一口气喝完了，慢慢喝，要从酒中品出我们的友谊。我双手合十，闭上眼睛，默默地告诉我的朋友，我平常太忙，很少有时间来看他，请他原谅。然后开始一张一张地烧冥币，我烧得认真，因为有种说法，烧不干净，那边的钱就残缺不全，我不能让塔尔平拿着面额巨大却缺角少边的钱用不出去。

我把酒都倒在了沙滩上，浓浓的酒香飘向河面，那里是塔尔平最后的归属。

塔尔平与央珍同居一阵又没结成婚，原因当然出在央珍，说来也怪塔尔平自己。

塔尔平说他带央珍参加了一次宴会，是生意场上的朋友为在广州结识的一个老板办的招待，请他和央珍作陪。那个广东老板见了央珍眼睛顿时大放异彩。饭吃完了，广东老板边剔牙齿边挺随便地许诺要请他和央珍去广州玩儿。塔尔平谢绝了，他说眼下正是倒腾圆木的季节。广东老板就说央珍反正没啥事，可以先去玩玩，朋友也说他正好有笔生意要到广州去，可以保证央珍的安全。塔尔平说央珍的假期已满，她该回去上班了。没想到央珍玩兴大发，广州她没去过，她想去看看大海，而且又不花一分钱，广东老板还答应带她到香港开开眼界。央珍要塔尔平回去替她续假，理由随他编。

塔尔平说他最受不了央珍求他的那种眼神，楚楚可怜的眼波令人心痛。塔尔平妥协了，这一妥协他就彻底失去了央珍。

塔尔平说他一点都不恨央珍，他俩相好是真心真意的，半点虚伪的东西都没有。他不能理解的是他那位朋友，是儿时就在一块儿玩的朋友，他生意亏损急需投笔钱扭转局面时塔尔平还帮助过他，就是这个朋友给广东老板许愿给他找个漂亮的藏族姑娘，广东老板答应他，找的姑娘如果让他满意，他可以低于市场批发价格给朋友发五十万元的电子产品。五十万的东西，利润也就十来万，这个黑了心的朋友为了十万元的利润，竟然设了圈套让他钻。

央珍的一去不返，给塔尔平的刺激很大。他说他常常想起和央珍在一起的日子，想得发呆，想得走神。他请人在广州打听过央珍的情况，打听到央珍嫁给了那个老板，老板在深圳给央珍买了套房子，日子过得很富足。

塔尔平说央珍不可能不怀念和他在一起的日子，她是陷进了泥淖拔不出身子。

但愿塔尔平的推断是真的。

我告诉他，人上一百，形形色色，朋友中有好人也有坏人，碰上坏了心眼儿的朋友，就当成吸取个教训。我还劝他，天下的好姑娘多的是，像他这样的男子汉是不愁选个好姑娘做妻子的。

尽管塔尔平听得直点头，我却知道他是为了尊重我才做出接受劝告的表情，其实我的劝告苍白无力。

塔尔平后来情绪低沉，开始放纵自己，听人说他开始打牌赌博，而且还嫖娼。我曾问过他，他不置可否。他的眼睛里少了清亮，多了浑浊。我反复告诫他，排遣心里的苦闷我可以理解，但不能糟践自己的身子。要努力克制自己，把自己从罩在心上的阴影里解放出来。

塔尔平决定忘掉央珍，他要洗去身上苦愁堆下的积垢，振作起来，开始新的生活。

还记得那个礼拜天，我还在床上睡懒觉，门就被擂得山响。幸好老婆儿子不在家。我怒气冲冲地打开门，正想对搅梦者训斥两句，迎面扑来的却是塔尔平的满脸喜色。见了塔尔平我的气就消了。我让他进屋。我快速地洗漱一番后，拉上他直奔后街的牛杂店。一人要了一碗热气腾腾的牛杂汤，要了两个锅盔。塔尔平边吃边告诉我，他把旧车卖了，另外取出了银行里的所有存款，凑够了二十八万元，准备买辆大马力的平头东风大货车，好好挣几年钱，到时把车卖了，到都江堰买个带铺面的房子，过过坐地老板的瘾。

计划不错，既现实又充满阳光。我替塔尔平高兴，我告诉他有什么困难就告诉我，咱们共同想办法解决。

塔尔平说一点困难也没有，他这趟出去就是去看车，是坐朋友的车去。

我要他小心，买和卖当中的骗局很多，花样儿百出，还要注意小偷。

塔尔平笑了，说能有你这样的好朋友真心关心我，我这辈子就知足了。

没想到那天早上竟然是我们的永别。

吃完牛杂汤，他朋友的车到了，车里有个打扮得妖里妖气的女人。见我眼里的疑问，塔尔平说那是他朋友的老婆，没工作，成天就坐在老公的车上东游西荡。

塔尔平是回程中出的事，还是那辆东风大货车，车上拉了满车大米，车上还是三个人，塔尔平、司机和司机的老婆。

后来听知情人讲，塔尔平在成都没看中满意的车，西部汽车城的老板说他要的那种车型两个月后才有货，知情人还说他们在都江堰玩牌玩了个通宵。

后来据交警部门的权威分析，路上没有刹车的痕迹，没有碰撞的痕迹，而且是重车上坡，望乡台那个地方，重车上坡最多能开二三十码，那么慢的车速都把车翻进河里，只有一种解释，车上的人都很疲劳，另外两个人早就睡熟了，上坡时，扛不住极度疲倦的司机终于也合上了眼睛，脚却依然踩在油门上，失去控制的货车刚好驶到豁口处，顺理成章地从豁口栽进正值洪水期的急流里。后来只捞到司机和他老婆的尸体，塔尔平和他的巨款消失得无影无踪。

那位当年预言塔尔平中年逢凶的活佛真神，塔尔平真该去当和尚，青灯古寺虽说单调，至少没有性命之忧。塔尔平对活佛的话非常相信，但他不愿回到庙里去，他喜欢热烈的生活，他喜欢美丽的女子，他喜欢广交朋友，他热爱有滋有味儿的生活。他曾说过反正不知道哪天会死，趁没死就认真过日子吧。的确，他死得不知不觉，车翻下公路的瞬间肯定都醒了，那瞬间三个人肯定都明白所面临的将是人生的句号，但有什么办法呢？数秒钟后首先是摔晕了，接着是呛水，于无助中都登上通往地府的奈何桥头。

冥币烧得干干净净，我的好朋友塔尔平收到这些钱，也该挺直腰杆了，我想他最值得骄傲的，也最值得在阴间炫耀的应该是在阳世还有我这么个刻骨铭心记挂着他的朋友。

一股旋风骤然在纸灰间产生，越旋越快，越旋越高，把烧过的灰尽数裹进风的旋涡里，一直升高到公路边的经幡上……

这无疑是塔尔平来了，他得到我的讯息，终于出现在我面前。

我站起身，仰望着那些让塔尔平最后辉煌的经幡，默默地告诉我的朋友，别光顾着拿钱，这里还有我从成都买来的时令水果、糕点。哦，对了，还有这两瓶五粮液。要悠着点喝，一次喝完会伤身子的。

塔尔平啊，一个真正的男子汉，我可遇不可求的知心朋友！

那一刻，我泪如雨下……

灵魂的宫殿——佛塔

北京阜成门内的白塔，是典型的藏传佛教塔。塔身通体呈白色，白塔之名大概因此而来。

此塔建于公元1271年，正是元世祖至元八年。在该塔众多的设计者中，有个重要的设计师来自尼泊尔，他叫阿尼哥，出身世代工艺家庭。阿尼哥从小就在父亲和祖父营造的建筑艺术氛围中受到耳濡目染的熏陶。他在学完了文化课程后，在长辈的引导下，强烈地喜欢上变幻无穷的建筑艺术。

中国是个神秘而充满诱惑的国家，父亲告诉他，在尼泊尔和印度等地，宗教建筑艺术已缺少无限拓展的空间了，你要到中国去，中国可以让你走向建筑艺术的塔尖，让你的智慧得到延展。

中年以后的阿尼哥终于完成了中国之行，参与完成了大白塔的修建。这座塔高50.9米，设计奇妙，施工精细，堪称塔中之首。塔身下半部是三层方形折角须弥座，上半部为半圆突起莲瓣组成的覆莲座和承托塔身的环带形金刚圈，方形折角塔基从那里过渡到圆形的塔身上，和谐自然，达到了意想不到的装饰效果。而整个塔身却像硕大的覆钵，钵体上有七道铁箍，塔顶是直径9.9米、盖有40块呈放射状铜板瓦的华盖，边上悬挂了36个铜质透雕的流苏和风铃，每个高1.8米，上有镂空花纹。风声中，清脆悦耳的铃声悠悠扬扬传遍四方。华盖之顶还有东西，铜质的小塔形宝顶画龙点睛般地装饰着整座白塔，宝顶高5米，重达4吨。塔建好后，又在塔前建了大圣寿万安寺，该寺由四层殿堂和塔院组成，规模宏大。在元代，是典型的因塔而寺、因寺托塔，相依相映的代表作品，为元都增色不少。北京的白塔是藏传佛教在内地最大的建筑，它是元朝皇都的重要建筑之一，它是佛教文化相互交流的一种现象。入京的僧人常在白塔下徜徉，特别是那些来自海内外的喇嘛们，对白塔更是有种亲近感，在偌大的京都，天子脚下，有一方土地是属于藏传佛教的，当然这不是土地归属上的拥有，而是悠久文化现象展示地。

记得是1985年，我和阿来、色波到内蒙古通辽开笔会，返程时在北京逗留了几天，时值七月，天气炎热得要命，三人共同游了故宫、颐和园后，色波和阿来就再也不想出门了，躲在空调房间里睡觉看书吹牛，只有我背心短裤地走长城，游十三陵，最后到了白塔下。我站在白塔下时，天已黄昏，夕阳晚霞，竟给白塔披上一层厚重的金黄，再浏览寺庙里金碧辉煌的琉璃瓦，我顿时就有种置身故土的感觉。

这是在异乡领略藏传佛教，别致而又亲切。

我的民族对佛塔情有独钟，从远古至今，除了寺院建塔，民间也建造各种形式的佛塔，造塔本身就是一种积德的行为，多积德就能惠及子孙，对佛塔人们还有种无限敬奉的心理趋向，有时间了，边念着经文或六字真言，边绕着佛塔转上几十圈，你会感受到思维的清爽。要是长期坚持，你的精神世界将得到净化，对社会上的种种污浊你就会产生游离其间的想法，产生置身事外的心态。

至于塔，本身就带有强烈的人文色彩，汉民族的塔，除了宗教内涵，更有镇妖避邪的作用，例如浙江的雷峰塔，还有西安的大小雁塔，延安的塔，几乎有了人类就有了塔的雏形。仅四川，屈指一数，简单算算就能数出好几十座塔，像都江堰、彭州、绵阳、德阳、成都都有塔，关于每座塔都有神奇的故事。

佛塔的雏形应该在公元前的远古时期，而且在国门外。据有关史料记载，远古的印度王公们死后，都是入土建墓，那墓的外观呈半圆，据说以后的塔的外形即由此逐渐演变而成。如此说法却有漏洞，除了王侯去世建墓，寻常百姓逝后也多有建墓者，而且社会名流死后所建的墓并不比王侯的墓逊色，由墓而塔的说法还值得推敲。

还有种说法，其可信程度应该是强于前述。说是佛祖释迦牟尼圆寂后，弟子们把遗体火化后，从骨灰中拣出舍利，为保存舍利，于是建造了塔形墓，此墓修建之初就有供后人观赏之意，所以外形就有别于其他坟墓，从那时起，塔就诞生了。

而佛塔进入西藏的时间，据《雅隆教法源流》记载，至今已有一千六百多年的历史了。《雅隆教法源流》上说，藏王拉脱脱日年赞执政的时期，从天上降下《诸佛菩萨名称经》，有一肘高的纯金宝塔一尊，落到了雍布拉宫的宫顶上。后来有学者将此界定为佛教和佛塔传入西藏的时间。

自天而降的传说很神奇，给人一种佛教的传入是天意的感觉，凭借天威而威胁对抗者是古代的一大特点。你可以与人抗争，但你绝不敢与天对阵，天的力量是无穷的，具体说就是，住在天上的菩萨们对付人类是轻而易举的。

至于佛教的入藏，我在上述的篇章里已专门讲过，佛教从尼泊尔从印度，还有就是从中原等渠道进入藏地，那是无可争辩的事实，尽管其间仍有很神秘很神奇的故事穿插，但可信程度要甚于从天而降之说。

最早的藏式佛塔应该在松赞干布统治年代。典籍《柱间史》上书，松赞干布在昌珠寺内造了一座五佛塔，这是有史记载的第一座佛塔。公元645年，拉萨建造大昭寺时，伴随着整个藏域大兴土木，庙宇林立，佛塔也相应得到了空前的发展。

佛教文化的昌盛，印证了一代王朝的鼎盛，以及君主对文化的选择和偏爱。历史证明了松赞干布弘扬佛教是正确的，佛教文化在自成气候的过程中，虽说漫长了点，但最终成功地融合了过于古老的土著本教，使整个藏区在历史进程中跨越了极大的一步。无论在医学、文化传播等方面，在当时都居于世界领先地位。

更大规模地建造佛塔是在公元8世纪的赤松德赞藏王时代，那时佛教已基本上在西藏扎牢了根基。从数千座塔的外形来看，高超的建筑艺术、绘画艺术、雕刻艺术和浓郁的宗教气氛尽在其间。

我曾有幸到桑耶寺一游，距寺庙十五公里的松贡村附近那整块巨石雕刻而成的石塔，久远的年代并没有减去丝毫气势，雄姿犹存。当我徘徊其间，闭目细听，似乎一千多年前成千上万的藏族儿女用他们的智慧和汗水，亲手创建佛教文化长廊的场面和此起彼伏的号子声在耳畔回荡。

桑耶寺是西藏首座“佛、法、僧”三宝俱全的佛教寺院，规模之大，在当时是首屈一指的，除了寺庙周围白、红、黑、绿四种颜色建造的佛塔，就是四周的围墙上还建了一百零八座小塔，风姿秀逸。

无论在西藏，还是川、甘、青、滇等地的藏区，单座塔之外，塔群更是一道道独特的风景。

塔群多的可达两百多座，一般的以一百零八座居多，也有几十座或十几座的。在历史中，塔群最多、规模最大的要数阿里、乃东、琼结、萨迦、拉萨等地。至今依然可以寻觅到塔群的历史遗迹。

在藏传佛教信徒的传播和努力下，蒙古国、缅甸等地也建造了糅合当地宗教观和审美观，风格各异的藏式佛塔。

佛塔用材异于其他任何建筑，除了土木石之类的常用建材，金、银、铜、玉、骨等物也是建塔的主要材料。当然，用什么材料得视其位置而定。像建于户外的大型佛塔，多为土、木、石结构；供奉在室内的小型塔，其材料就用金、银、铜、玉、木、骨，小巧精致，玲珑剔透。

佛塔无论大小，其结构均由塔基、塔身、宝瓶、塔顶等四大部分组成。塔基和塔身多呈四方形、圆形、多边形，由塔基而塔顶都是阶梯状由大而小。宝瓶正面有神龛，有的还配有“十相自在”图。塔颈用十三块圆形泡石串成，代表佛祖修成正果的十三个阶段，即十三天相论，塔顶由日、月、星组成，塔身以白色居多，也有红、黄、黑、绿诸色染就的。塔内装有佛像、佛经、贵重财物、五谷等，在一定程度上，塔是保险箱，在藏区，只要是信奉佛教的人，再穷也不会偷窃塔内之物。

塔是佛之物，塔之内的物品自然与佛有关，佛教的约束，比任何纪律都管用。

在塔尔寺，有个神采飞扬的青年僧人非常热情地给我讲解八如来塔的形成。八如来塔即一字排列的八座佛塔，他说这些塔都有名字，从叠莲塔开始，依次是菩提塔、和平塔、殊胜塔、涅 塔、神变塔、神降塔、吉祥多门塔。

青年僧人看着我一个劲儿地点头，他或许觉得我的模样有点滑稽，脸上的表情一变就产生了立马要笑出声的效果，大概是道德规范及时提醒了他，嘴角赶紧往里一抿，忍住了脸上的动作，却没拴住眼里的快乐，那笑，早已张着透明的翅膀从眼眶里飞了出来。

其实我一点也不会责怪他。该笑就笑，想哭就哭，人之本性。

青年僧人接着给我说，这八如来塔分别代表了释迦牟尼一生中八种不同的精神境界。

从塔的性质来分，共有四种，即佛塔、殊胜塔、肉身灵塔和舍利骨灰塔。

青年僧人的汉语说得非常流利，我问他是否在内地上过学。他点点头，说在北京读过中学。

我问他，为啥出家?

他说，那么伟大的佛教文化，要是到了我们手里断了代，愧对祖宗啊!

突然我问出个令他猝不及防的问题，谈过女朋友没有?

他一愣，仅仅几秒钟后就摆脱困境，到底年轻，思维极其敏捷。他笑了笑，大大方方地说，有啊，我有很多女朋友，有上海的，有成都的，有北京的，有海南岛的，还有美国和加拿大的，我那里有个本子，都记着她们的通讯地址和电话，我去拿来给你看看，而且跟我都有合影。轮到我吃惊了。

他有些顽皮地朝我眨眨眼，不过，她们都跟我没有恋爱关系，是友谊，很纯洁的友谊。

哦，这小子着实把我善意地玩了一把。

来了两个老外，指着塔用半生不熟的汉语问着啥。青年僧人朝我匆匆地说声对不起，嘴里吐出一长串英语就朝老外迎去，两个老外脸上露出了惊讶的表情。青年僧人用英语重复塔的故事。

说到佛塔，绝对不能漏下江孜的白居塔，民间称该塔为白科曲登。

我是从藏汉两种文字的介绍中知道白居塔的历史的。

白居塔是单座佛塔，于公元1414年由宗喀巴的大弟子克珠杰达玛仁钦主持，江孜法王衮桑帕兴建。

江孜白居寺建造之初，气势磅礴，场面恢宏。数千工匠历时十年方告建成，耗用钱粮无数。

整个佛塔占地二千二百平方米，高三十二米，共九层，塔身用红白两色染就，铜壳罩顶。塔内设大门十二道、小门九十六道，大小门共计正好一百零八道，应了佛教的吉祥数。塔身内有佛殿、神龛、经堂七十七间，是典型的既塔又寺风格，里面的大小佛像有十多万尊，因此有“十万佛塔”之誉。塔腰，即宝瓶直径二十米，内设四间佛堂。

白居塔的建造在塔类属造型较为别致的，整个塔全用土木结构，五层以下是四方八角形，六层以上呈圆形，顶端是铜铸圆锥体，塔上有四面入门，门上有飞龙、跑狮、走象等浮雕，数里之外观塔，亦非常壮观。

据史料记载，近代的达赖和班禅圆寂后，差不多都制成了肉身灵塔，以供世人观瞻。

对于肉身的处理，藏传佛教有自己的一套，他们先用特制的香水反复清洗尸身，涂上药效非常好的防腐涂料，再用白布裹紧，仅留头部和两臂在外，接着又用精盐浸渍全身，然后穿上旺则神服，放到特制的木龛中，面南背北，供在大殿中央。

我的理解是，大量的藏式佛塔除建筑艺术上有精到和粗劣之分外，更重要的是其内涵，信教的民众把塔视作神位，是至高无上的，是灵魂向往的圣地。

佛塔的历史其实就是佛教文化的发展史，不同的历史时期所拥有的塔的数量，印证了佛教的兴衰。

对藏式佛塔，过去我只是一知半解，是个十足的门外汉，对外行谈论佛教和佛塔，专家们不能用专家的目光去看待，不能用是否准确的尺度来衡量。

我看塔，是穿透了塔本身的。

第五章 西藏的泥塑和灵性的石头

说到西藏的佛教，就不得不涉及艺术，而艺术中又首推泥塑最为普及。除了供于庙堂的大型佛像，更为普及的是脱模泥塑。在西藏，脱模泥塑被称为“擦擦”，即指泥制的各种小泥佛、小佛塔，常见的有高浮雕、浅浮雕和圆雕。

一块普普通通的石头，一片随处常见的石板，一旦刻上经文，它就鲜活了。如果把这些刻了各种经文的石头或石板堆积在一起，在藏传佛教信徒的心目中产生的能量和作用就非同小可了。

在藏区，刻了或写了经文的石头随处可见，多数成堆。因石头上多数刻的是六字真言和各种咒语，所以也叫玛尼堆。

拥有生命的泥塑

西藏的“擦擦”，即各种泥制雕塑，均用凹型模具挤压脱模，然后晒干。其中有的再经过烧制、彩绘，完成后，就是圣物了。这些泥塑的小圣物，几乎都与玛尼石和经幡相伴，多数出现在有佛塔的地方，或圣山上神洞内，或神湖边，或转经的路边。本身就是香火不断、烟雾缭绕的地方，再有这些相当数量的泥塑，佛教的气氛就更浓烈了，于是你就感觉到那天上的朵朵祥云是诸佛诸神的坐骑，清亮洁净的湖水是天上菩萨们洗脸的面盆、梳妆的镜子，而陆地上的寸草寸土无时不受到甘露的浸润。在如是感受里，你就介乎于人仙之间了，无限的遐思，载着人远离尘世的烦恼，在幻象的空间任意遨游，多舒服啊！

西藏的泥塑源于何时，人们有很多想象，有说法是在松赞干布之前，藏域的高级艺人们在夜间都不约而同地在梦里见到了诸位菩萨显身，而且数十个夜　都是如此梦境。于是艺人们领悟诸位菩萨的意思，丢下手里的活儿，靠着回忆梦境，用祖先发明的模具做了很多佛像，供奉在所有人迹能达到的地方，起到了抑恶扬善的作用。

民间传说体现一种愿望，人们希望所有的或佛或神的面相均是神来之笔，而不是凭人的头脑杜撰出来的。关于“擦擦”的历史，则有书记载。意大利藏学家G．杜齐先生所著《西藏考古》一书中说到的关于“擦擦”一说，起源于印度古代及中世纪中部和北部方言中的一个词，该词与塔有着密切的关系。

塔是不可忽略的载体。

而在塔内存放“擦擦”的做法同样起源于印度。在古印度，以石板建塔，人们有在塔肚内存放圣物的风俗习惯，随着日月推移，以后的人们渐渐认为“擦擦”是因为建造佛塔的需要才形成的。是否如此难以考证，也无须考证。就像很多历史现象，今天的人们用今天的目光去审视，去思考，由此而产生对那些现象难以理解的叹息，认为“要是我，我则不会怎么怎么做，而会怎么怎么做”。如果站在历史当初的位置来审视今天的思维（且做一种设想），同样会产生叹息和讥讽。塔与“擦擦”的关系到底是谁影响谁，答案是明确的，当然是塔刺激了“擦擦”的发展。佛教思想有说法，佛塔意之佛身的再生，或者象征佛的灵魂和训教，于是，佛塔在西藏，准确说应该是所有的藏区，在佛教得到全面渗透时，掀起了广建佛塔的热潮，最后竟达到随处可见的地步，佛塔的大量林立，促成了脱模泥塑的大量生产。

显然，在不同的历史时期，脱模泥塑的批量出现，是民间对藏传佛教认可的一种表现。泥塑所塑的内容全是各种佛像，我曾经借过一本有关脱模泥塑的书，是张鹰编著的西藏丛书中的一本，该书讲述的全是泥塑佛像，大概近两百个，例如强巴佛、观音、无量寿佛、阿底峡、宗喀巴、释迦牟尼、金刚手，以及各种护法神、绿度母、药师佛、金刚不动佛、空行母等等有名的佛像。佛像姿态各异，有的手搂法器，有的静坐，有的欲言欲行，形态逼真，鲜活生动，从那些佛像可以看出艺人们的雕塑技巧非同一般。常言道，手下能出绝活的人，首先是把自己的生命融入所要创造的对象的灵魂中。

在墨脱，我曾遇见一个毕生制作脱模泥塑的艺人，艺人粗通汉语。在西藏，我能与之交流的语言只有汉语。藏族有三大方言，拉萨方言、安多方言和嘉绒方言，我属嘉绒方言，而嘉绒方言在整个藏区的覆盖面比较窄，仅限于阿坝州的农区各县，有的县只有一部分。理县的土著民族除了嘉绒藏族，还有一部分羌族。小金、金川、马尔康，甘孜州的丹巴、泸定等县和其他极少部分藏区有一部分，这三种语言同属藏语，却无法相互交流，文字是共有，语言就各说各的，就像汉族有广东话、闽南话一样。

艺人告诉我，他叫杰都，今年七十六岁了。杰都尽管脸上皱纹很多，肤色却显出那个年龄少有的红润。老人当过僧人，“文革”中被迫还俗，“文革”后，他没再进寺庙了，也没有讨老婆过正常俗人的生活，就这么似僧似民地以做“擦擦”为生。我有个从西藏调至成都工作的朋友说，西藏人的平均寿命要少于内地十年以上，也就是说一般六十岁左右就算长寿了。杰都七十六岁了却依然健壮硬朗，行步稳健，谈吐清晰，如果没病没灾，有望过百。

老人说到他热爱的事业，顿时眼放金光，脸上的每条褶皱都活跃了。他说他的同龄人在世的很少了，他能活到今天，而且还能做活，全靠了菩萨保佑。

我的理解是双向的，善良的老人肯定会得到诸神的护佑，再有点是不容置疑的，就是老人一生都在劳动，脱模泥塑是体力运动，单看老人臂膀上鼓凸的肌肉，就可以推测其劳动量之大了。

杰都老人把我引进他的作坊，作坊正面是个又宽又高的神龛，神龛上供奉着释迦牟尼等一千位有名的佛的像，这些名佛之外，又是另一些名佛，诸如无量寿佛、东方持国天王、金刚不动佛、尊胜佛母师徒等等，数量很多，大大小小摆满了十九层台阶。供桌上有油炸食品，一些当地能买到的水果，三个香炉都各插了一束藏香，已燃到一半了，袅袅升腾的香火给房间添了份神秘。藏香的味道很好闻，能勾起记忆中的一些事。杰都记忆力惊人，那么多的泥塑佛像，他逐一给我介绍，每尊佛的成像年月，每尊佛的成佛经历，以及他们所拥有的法力，每尊佛所做过的惊世骇俗的大事。

杰都老人说他从没间断过做脱模泥塑，只要一天不摸，夜里就睡不着。

我突然就想到一个特殊的时间段。于是我谨慎地问他，“文化大革命”期间你也做？

老人沉默了半会儿，然后回答我，做。

你们这里没有“造反派”？我又问。

有。老人说，那些戴红袖套的男男女女隔三岔五就要到他家来，给他安了很多罪名，老人对那些罪名很陌生，至今一条也没记住。那些人让他站在高板凳上，把沉重的模具顶在他头上，然后把模具砸烂让他自己点燃烧毁。

老人说，他把砸烂的模具架到牛粪火上，当蹿出蓝色的火苗时，他差点就扑到火上。因为那副模具是他家祖传的，传到他手里，已经有一百多年了。它们已不是普通的模具，而是神器，那副模具脱压出的“擦擦”，栩栩如生，方圆百里都有它脱出的“擦擦”。

老人说他有种焚烧自己的感觉，不烧又不行，他认为凡是降临到自己头上的灾难都是菩萨对自己的考验。他说能够受到佛主的考验也是福分。

多么纯朴的心态。他也只能这么想。

一个人被人整了，却一点也不怨恨整他的人，反倒认为是菩萨对自己的考验。或许有人会说这是一种愚昧，甚至是没文化的极端表现。

什么叫愚昧？

什么叫文化？

这两个问题不简单，不是三言两语能说得清楚的。看看那些罪犯，那些被杀了头、被判了重刑的人，社会上有种惯性说法，说他们中不乏高智商的人。我不这样看，我认为他们是最愚蠢的人，拿自己的性命同法律抗衡。至于文化，有的人读了大学，读了研究生甚至读了博士，是文化人了，而且是大文化人，然而却缺良心，运用所学坑人，六亲不认，只认自己的利益。文化在他们那里反倒成为实现邪恶的工具。

杰都老人没读过书，却悟透了善与恶，他才是绝顶聪明的人，他不计较人类的丑恶，是拥有大智慧的人。杰都老人说，在那些没有模具做泥塑的那些日子里，他每天都用手捏，他惊讶地发现自己用手捏出来的菩萨一样有灵性，于是他入夜就捏，早上再弄碎，每天就那么度日，一直到灾难的岁月过去。“文化大革命”结束了，各项政策也落实了，杰都只身上山，在海拔4000米的山上找到棵上百年、枝干挺拔、贵不可言的银杉，他用了三天时间砍倒大树，取了中间一段背回家，先打磨成大方块，在盐水里浸泡了七七四十九天，捞起放到阴凉处晾干，再反复地淋上植物油渗透，然后放到沸水里煮，经几十道工序下来，木方块已被炼治得既有韧性又有硬度。粗坯整治好后开始精工细作，那一年，他制作了几十副模具。老人还有钢制和铁制模具，“文革”中他抹上酥油，深埋到地下，才得以保全。

追踪西藏的泥塑，艺术之外的东西很多，而关键一点在于它和佛塔是相互依赖的，佛塔的塔身内有了“擦擦”才具有灵气，但凡“擦擦”集中的地方都有灵气出现。

灵气是什么？

灵气对人的作用有哪些?

对于灵气一词，我从小就听说过，今天的大多数小孩子也都听说过，包括我在内，也常常夸赞朋友的小孩子聪明，有灵气。灵气是无形的东西，人只有凭感官去感觉。常说人杰地灵，其实应该打个颠倒，地灵才能人杰。所以说，灵气是慧根的外溢，能让人感觉到。

藏区的“擦擦”集中存放的地方很多，圣山上、神湖边、有些大小路口等处都能见到，而且在不少的路口当地人还修有专门存放“擦擦”的小房子，当地人称这种房子叫“擦康”，意思是专为“擦擦”建的神殿。在我家乡的乡间小路上，常常会遇到这种小房子。小房子前常年都有人去烧香，多为老年人，意图明确，恭请诸神多给自己的子女一些灵气，给子孙福祉。偶尔也有年轻人去烧香的，是些在生活的道路上出现了坎坷的年轻人，在严峻的现实生活中，他们技穷了，处于极端无奈时便乞求神助。

求神拜佛，或许灵验，或许就毫无反应，这得看你的诚意。诚意之外还有缘分一说，你想要获得的东西与你原本无缘，求谁都是枉然。

我的领会是，无论佛或神，有心要资助你了，肯定就会有某种暗示，你悟性够用，懂了神的暗示，剩下的就该你积极主动地迎合了，因为神也绝对不会把懒惰的人作为扶持对象，强行从床上拖起来的人，从精神状态到身体的各部件都是疲软的。你想扶其上墙，他倒有可能顺势黏到你身上。

在西藏的民间，我们还见到许多专门让周围人们转经用的“擦康”，也有人叫“门塘”。门塘是有一定讲究的，多数都建在人口较为集中的地方，如村头、大路边、寺庙的旁边或草原上的牧场等地。四周镶满玛尼石，有的还要安装转经筒，形状有的是正方形，有的是长方形，腹中装满各种“擦擦”，每天都有信徒围绕着“擦康”转经祷告。这种“擦康”比一般的大，据说大的可以长达几公里，甚至更长。其中规模最为宏大的要数藏北草原的“擦康”，如果单凭我的想象是难以描述准确的，藏北草原我没有去过，有个叫桑正的搞摄影的朋友曾多次去过藏北，他说他见过，那种气势实在该算人类奇迹，如果拿万里长城与之比较，纯粹是小巫见大巫。他说得神乎其神，我觉得这种比法有点玄，开玩笑，长城何等有名，站在月亮上也能瞧见，就没听哪个宇航员说见过比长城还亮眼的建筑。朋友见我不信，说那是千真万确，不过，与长城做比较他是专指长度，建筑规模上还是长城算大哥。

举世罕见的东西，要是有生之年不亲自看上一眼，何等遗憾，但要敲准到底是否属实，不能顶着一团浓雾进藏北。二十年后，我萌动了实地踏勘的想法，于是又问一位年轻的朋友，也是搞摄影的，他是20世纪的最后一年入藏的，自己驾了辆北京吉普车，在西藏折腾了大半年，拍了一大批珍贵的自然风光和人文风光照片，我问他见过无限长的“擦康”没，他凝神回忆了好一阵，最后摇摇头，说没见过。他问我听谁说的。我说桑正。

一阵沉默。

桑正于两年前去世了，死于双肾坏死，他是不知不觉中得上这病的，来势凶猛，眨眼间便撒手人寰。他是摄影界的老前辈，作品在国内外都有名气，在香港举办的一次国际摄影大赛上他的作品一举夺冠，他是不会说谎的，关键是我忘了问他是什么年代看见的。

唉，生死两界，无缘再访了。

五年前的仲夏，途经青藏高原，我又到了拉萨，适应了高海拔环境后，游历了堪称世界上最大的寺庙哲蚌寺。

哲蚌寺所在的山叫根培马孜山，在拉萨城西北十几里外。听介绍，知道了该寺早年其实很小，仅有一座小庙，外加一个修行洞。后来是一个叫绛央曲结·扎西贝丹的僧人见山势而灵感大发，成千倍地扩大了圣境，建成铺天盖地的大寺院。站在山脚，放眼仰视，在视野里尽是庙宇的天地，一层又一层，像道道推涌的白色浪条，一个劲儿地涌向山腰。

我与一个叫索南旺堆的喇嘛攀谈，言语中说到了“擦康”。我问他“擦康”里的“擦擦”应该是什么时候放。他说一般都是建造时就放进去的，建好后再放有诸多不便，而且不能乱放，事前准备放进去的“擦擦”必须要放在荫凉干燥通风的地方，干透后，集中堆在一处，请喇嘛念经开光，之后，由当地和外地来的男女老少共同搬运，大的“擦康”需要的“擦擦”的量非常大，数十人甚至上百人要搬运好几天才能完成。搬完了，装填完毕就封口，口不能封死，得留一个小洞。

估计小洞是用来透气的，使气体产生一定的流动，“擦康”内应保持一定程度的新鲜空气。

索南旺堆还告诉我，有的“擦康”最初建成时不一次性装填完毕，封口处留的洞比较大，平常转经的人把带来的“擦擦”从洞口放进去，天长日久，在日积月累中，渐渐装满。

人类无疑是聪明的，也是懒惰的，从对“擦康”朝拜的行为和意义中可见一斑。对神的叩拜是否虔诚得观其心迹，而心迹的外化形式就是双手合十、头顶触地的叩拜，并且是长时间、长期的行为。人的体力有限，精力也有限，于是，聪明的大脑创造了借助大自然、借助圣物来达到目的的办法，像围着“擦康”转圈的人，他们转一圈就等于对神进行了无数次的叩拜。此种情形，说明改革是无孔不入、无处不在的。

在拉萨的药王山西侧的转经路上，我专门去看那些装“擦擦”的神殿。那里的神殿不少，营造出一种气氛。那里的神殿多数是有主的。有个小伙子正往一座新建的神殿装“擦擦”，“擦擦”上的佛像非常生动，我认出其中有观音，因对观音相对熟悉一些，观音的坐姿和在云彩里的站姿中国人大都熟悉，在我的记忆里，观音的佛像几乎无处不在，她所施的法力也无处不在。小伙子带的“擦擦”中我能认出的还有绿度母，有文殊菩萨，有金刚不动佛，有长寿佛，其他的我就叫不出名来了。这些佛在内地能认识的人就更少了，因为有相当的内地人信佛的诚心不如藏族那么纯粹，都或多或少带有一定的投机性，他们见佛就拜，匆匆忙忙把心里隐藏的目的念上几遍，念完求官求财的心愿后，再故作大方地掏出几块钱，也有大方的，一百两百地往外掏，放进功德箱，于是就认为自己很虔诚，虔诚的程度足以打动众佛。他们很少去理解佛教的宗旨，去感受佛教文化的深厚。他们不去反思自己的罪孽，不去鞭挞拷问自己的灵魂，一门心思总想着获利，菩萨们是不会接受功利的心愿的。

我摸出兜里的中华牌香烟，递了支给小伙子，自己也叼上一根。我不抽烟，但这种场合却必须与对方同步，如果只给对方自己不抽，会让对方认定你怀有什么目的，就会让对方产生警惕，并由此而戒备。人在生活中千万不能忽略细节，细节的失误能碍大事。

走出大殿，我们坐在山坡上。看看蓝天白云，嗅嗅袅袅飘升的桑烟，我和小伙子都点上烟。我的随意和友好打动了小伙子，他暂时停下手里的活儿。我说我叫索朗仁称，他立即高兴了，眼里有了信任的光，着汉装的人原来也是藏族。他说他叫洛桑扎西，并用藏语对着我说了一长串，遗憾的是我一句也没听懂。他正惊愕地朝我投出疑问时，我说我是嘉绒藏族，也像他一样，对着他说了通嘉绒藏语，他也摇头了。结果我们只有放弃母语，用汉语进行交流。

洛桑扎西说他父亲在一个月前因病去世，家里请了喇嘛念经，还请活佛打了卦，活佛说他父亲前生的罪孽太重，这一辈子做的善事还不能抵消上辈子的罪孽，要他们修神殿，做善事，替自己赎罪，也替父亲赎罪。他说家里请念经的喇嘛推算了神殿里供哪些佛的“擦擦”，然后根据喇嘛所定，用了五头牦牛去换了上千个各种佛的“擦擦”。

我问他喇嘛们是根据什么来推算该供哪些佛的。他说是根据父亲的生辰。他说这些“擦擦”除了一部分供在神殿内，其余的都供在了神山和寺庙旁的转经路上，有些还放进了河中。

我还发现洛桑扎西家的神殿基脚处有旧建筑的痕迹，我问他为啥不找处新鲜的地面修神殿，他笑着摇摇头说，这里的神殿都是建在旧神殿的遗址上的，而且必须这样。浏览四周的其他神殿，果然如此，有的神殿正在倒塌，等待着老树萌新芽。

神殿修得都较简陋，日晒雨淋中极易损坏，人们就在这些已经坍塌的建筑基础上重新修建着神殿，至于神殿最初形成于哪个年代，众说不一。到底出于佛教，还是出于本教，或是后来被佛教兼容本教后有的，难以找出准确的答案。

从我远古的祖先们开始，他们认为生死皆各自有神。一生积德行善者，死后必为善神，作恶多端者无疑就是凶神。祖先们的思想太纯朴了，居然给作恶的人也安排了神位，无论善神凶神，一样都是神，借鉴凡尘的经验，说不定凶神还要吃得开些，善良的祖先们啊，内地的经验是值得移植的，恶人不应该享受神位，而且无一遗漏地都该被打进十八层地狱，无休止地遭受刀砍锯割油炸磨推轮番折磨的痛苦。

我的伟大的民族，人人都希望自己死后成为善神，白色的神殿就是善神的象征，神殿是对死者的祈愿，多数的人在活着时都努力积德行善，大量制作“擦擦”本身就是一种还愿。

普普通通的泥巴，经一番制作后便有了无穷的内涵。人们注重成品，往往就忘了作为原料的泥土本身，在广袤的大自然中，神来之笔应当首推泥土，除了躲躲藏藏的土地神，人们忘了奉土为神，试想一下，离了泥土，人类还有什么？！

多余两句，供诸公思想思想。

我们通常所见的“擦擦”是属于民间的，是最普通的“擦擦”，制作时还得趁湿在背面嵌入青稞粒或其他吉祥物，表示制作人对佛的虔诚。

还有种高级“擦擦”，原材料同普通“擦擦”有一定的区别。这种“擦擦”是把活佛的骨灰与最细最好的黄土和黏土掺在一起制作的。寺庙的高僧圆寂后，多数都实行火葬。火葬在藏区的历史中属于最上等的葬法，据说火葬是升天的捷径，只有活佛和上层贵族才有资格火葬。

高僧圆寂后，寺院要给他修造佛塔，塔内所放“擦擦”，就是高僧骨灰拌泥制成的。

在藏传佛教的传统中，有极少数大活佛圆寂后要制作金身，首先是尸体要进行工序复杂的防腐处理，要用盐、藏红花和各种名贵中药吸干尸身的血水，而这些浸了血水的盐和药物，与泥土揉制成“擦擦”，此类“擦擦”被称为布擦。

还是前面提到的那位僧人洛桑扎西，说到布擦时有些动容，嗓门也压低了。他说布擦可是了不得的贵重物品，是那些放在佛塔内，堆在路边河边牧场上的“擦擦”没法比的尊贵东西。他说，布擦是用作护身符的，他想布擦想了好久，一直都无缘得到。要是有了布擦，一切邪恶都不可怕了，如果有人想杀你，只要身上有布擦，身子就会变得刀枪不入。他说布擦还能吃，什么病都能治，他们寺庙里有个老堪布得了吐血的病，送到医院，医生说最多活半年，结果老堪布吃了他自己珍藏的布擦，病好了，到眼下已经过了七年了，什么事也没有。

说到这里，洛桑扎西的眼里充满了渴望，我被他的虔诚所感动，心想，要是我有布擦一定会送给他，可惜我非但无缘得到，就是见一眼也难。洛桑扎西说只有上师们的亲属和高官及贵族才有机会受赐布擦。

在洛桑扎西心中，布擦的功效简直不得了。我分析，布擦的治病效用首先来自本身所含的贵重药物，而且不排除用作布擦的药物是开创此物的那位先知所配制的神奇配方，再加上得道高僧非凡的气场之类的潜在的灵气，使药效数十倍地扩展。

我也是这么想想而已。

被洛桑扎西这么一描述，布擦的确是罕见之物，其作用有能解释的部分，也有难以说清的神奇部分，当代的防弹背心只能防住被遮挡的部位，暴露处却依然任人宰割，布擦就厉害了，几乎无所不能。得道高僧少得犹如凤毛麟角，他们的圆寂又是个漫长的岁月，布擦的数量之少就可想而知了，物以稀为贵，越是得不到的东西，它越是显得神秘，由此便产生了许多关于布擦说法的民间版本，我听说了很多，就是没有目睹布擦的能量。

但愿哪位拥有布擦的贵人能借我一观。

文章写到这里，我突然发现西藏的脱模泥塑简直是个内涵极其丰富的世界，它在佛教中占的比重是不容替代的，我翻阅了有关脱模泥塑的资料，上面记载了还有种药物做的“擦擦”，造型同其他的“擦擦”一样，区别在颜色和用途上。这种“擦擦”是用各种名贵药材合制而成，例如珍珠、玛瑙和藏红花，都被 磨成粉揉进“擦擦”。

由于材料贵重，“擦擦”也就显出异常的贵重，除了精神寄托，还有客观的物质价值。此类“擦擦”虽说十分贵重，却较之布擦要多，药材或珠宝尽管数量不是很多，却到处都能找到，拥有药物“擦擦”的人就相应要多于拥有布擦的人。平常外出时，把药物“擦擦”带在身上，能抵御邪气，身子有病时，就可以用来治病。

制作“擦擦”是善举，有不少游僧和寺庙里的佛教信徒以制作“擦擦”作为自己的善业，他们常常在转经路旁和人群聚集的圣地虔诚地制作“擦擦”，过往行人或朝圣者购买“擦擦”的钱物和善意的施舍成为维持他们生活的主要来源。

制作“擦擦”和求得“擦擦”成为一种善意满满的循环。

到藏地去的男女老少，除一睹异域山水，更多的是希望亲身浸润到神奇佛教的护佑中。

制作“擦擦”的信徒们乐此不疲，根据人们的需要制作或圆形或方形或三角形的各种“擦擦”。

脱模泥塑的艺术风格与藏传佛教的发展轨迹有着密切的关联，从最初残留有古印度佛教遗风的“擦擦”到今天的泥塑，已有了显著的变化。过去的“擦擦”注重纤细和弧形的身姿，用高耸的乳房显示女性的特征，不讲究画面的匀称。菩萨多是半侧身，空白处全用经文填补，今天的泥塑在一定程度上融入了内地绘画和雕塑风格，在造型上更讲究细节的严谨和布局的整体性。

玛尼石

给石头赋予生命的，应该是佛教。只要有人的地方，就必然会有或大或小的各种石雕佛像。在藏传佛教地区，人们更是把石头视为有灵性的东西。这是有传统的，最古老的本教曾经就拜过白石头。

玛尼石又有别于寻常的石头，常在藏区跑的人都见过玛尼堆。玛尼堆就是无数刻了经文的石头堆积在一起。玛尼石没有统一的规格，制作人用不着选择，捡着什么石头就可以在上面刻画经文，有的还刻上佛像。经文多是六字真言和咒语。

其实六字真言也就是咒语，你如果留意，在寺庙檐枋的彩画上、天花板的图案上，以及门框和大大小小的神器上，都可以看到六个梵文或藏文的字母，用不着猜测，肯定就是藏传佛教内最流行的咒语，通常称为六字真言。把这些梵文或藏文音译为汉字，即是唵、嘛、呢、叭、咪、吽。

密宗大师们认为六字真言是密宗莲花部的根本真言。把这六字拆开来解释，“唵”表示“佛部心”，念这个字是有讲究的，不能歪站斜躺张口就来，必须坐成佛样，从姿势到意念都要与佛保持高度一致方能念出效果，方能逐步走近你想要达到的目的，“嘛呢”的意思是如意宝，表示“宝部心”，又称“嘛呢宝”，据说它藏在海龙王的脑袋里，谁要是能得到这个宝，无论你走到哪里都有宝贝唾手可得，所以又叫“聚宝”。此宝藏匿地太离奇，你我肉眼凡胎就别想了，做梦也不要朝那个方向，向海龙王讨宝太不着边际，要么他能主动借给你用用，要么就只有孙大圣之类的顽神和他的上级领导玉皇大帝才能索取。“叭咪”两个字的意思是莲花，表示“莲花部心”，即喻示佛法像莲花一样纯洁。莲花是诸佛偏爱之物，从观音菩萨开始，很多佛爷和神仙都把座下的蒲团打造成莲花状，要么直接用莲花作为托身之物。“吽”是表示“金刚部心”，就是告诉你必须要依靠佛的力量才能达到“正觉”，成就一切，普度众生，最后进入佛的世界。

佛教术语多数源自梵文，咀嚼起来非常费力，简单几个字你得又查字典又反复阅读，然后还得借助资料，方能悟出点眉目，难怪成佛难，没有绝顶的聪明，你那短短的几十年恐怕连门槛也迈不进，更别说佛业精进了。

藏传佛教将六字真言看成是所有经典的源头，如果能坚持不懈循环往复地念诵，就能消灾积德，功成之日也就成佛了。

成没成佛是无法验证的，因为那是死了以后的事。成了佛的可以托梦给还在人世的人，说说成佛后的感想，对于梦境，多数人是将信将疑的。藏区是全民信教，每天坚持念诵六字真言者成千上万，心地善良一心向佛的虔诚者也为数不少。我想入佛界肯定比读博士生难，那考核的场面是难以想象的，作弊绝对无望，当考官的都是位列仙班的得道高僧，你的一切在其法力笼罩下袒露无遗。而且根据轮回转世之说，是佛的永远是佛，投生凡尘，是对众生的体验，是为修炼而来，脱离了人的肉身，理所当然又回到佛家世界。

想成为什么是种目的，能否达到并不重要，重要的是过程，在过程中积善修炼，能否成佛，只有佛知道。

玛尼石上刻的经文多是众皆知晓的六字真言，玛尼石潜在的威力和对灵魂的震撼是可以想象的。石头本来是呆的，刻画上六字真言就活了。

城区的玛尼石随处可见，成规模的玛尼堆却不多。我当文学编辑那几年，常在夏天陪外地朋友到草原走走。

草原从六月就进入黄金季节，遍地鲜花，黑色的乌云是牦牛群，棉花一样的白云是羊群，美丽诱人的鲜花的海洋中，悠悠黑云和悠悠白云信步游动，时不时就有追着云雀的身姿穿云破雾的草原民歌在空旷的原野起伏，舒服极了。我们一行五人是踩着六月的尾巴走进七月的草原的。

几个朋友是其他几个地区级文学期刊的编辑，他们是冲着藏传佛教来的。没想到见了花季的草原，兴奋使他们暂时忘记了目的，他们在草地上打滚，敞开喉咙发泄，一位老编辑忘情时居然脱光了衣服，连遮羞的寸布都未留下，就在亮丽的阳光下疯狂地奔跑着，结果犹如流感传染，在刹那间的惊诧后，被老编辑传染，大家都脱得赤身裸体，着实疯了一回。稍远处，渐渐聚起一群挤奶的藏族姑娘，她们大声地笑啊喊啊，没有嘲笑，没有淫荡，快乐的人性就在黄河支流的发源地张扬。直到接连几辆旅行客车相继停下，从车上下来的游客中有人架起了长焦距的照相机，还有便携式家用摄像机，我们的疯狂才结束。

他们说草原给他们的激动远远胜过大海，大海像个深沉的老人，而花季的草原却十足是即将入洞房头戴花冠的新娘，扑面的清新令人忘却年龄。

忘情之后是冷静。

冷静下来的我们一头扎进佛教。他们几个连天逛寺庙、访活佛、翻经书，在中下层僧人中交朋友，伸手要舍利——舍利是要不到手的，最多让他们饱饱眼福，总之个个都忙得不亦乐乎。

然后我们就走向壤口。

壤口距红原县城还有好几十公里，大家牺牲了睡懒觉的习惯，在曙光中驾车离开县城。

到了壤口，老远就见到了那堆玛尼石，因为有人在那里围着转圈，还有桑烟袅袅。我们停下车，走近那堆灵性的石头。围着转的只有三个老人，两个手里捏着佛珠，边走边数，嘴里念着六字真言。另一个手里摇着转经筒，也是边走边念。几个朋友弄不懂，都齐刷刷地看着我。于是，我认真地给他们补了补这方面的课。

玛尼石的石头奇形怪状，有大有小，每块石头上都有经文，大部分是六字真言，也有别的经文或咒语，有的还刻了佛像。

三个老人并不因为我们的出现而感到惊奇，他们见得多了，特别近十年来，一进入夏天，每天都有生面孔出现。老人们的脸色很友好，与我们目光相对时都微微带笑。我打着手势比画着问了问他们的年龄，其中一个对我比了个“八”字。八十岁了，不简单，走路的步子又稳又实。我们都加入转经的圈了，实地感受一番转经的滋味儿。玛尼堆周围已踩出了一条宽四五米的路，是长年累月踩出来的。跟在老人们后面，几个朋友现炒现卖，表情严肃，叽里咕噜地念着六字真言。因为语言的隔膜，吐出的字都含混不清。不过半个钟头，腿脚就开始发软了。同行的老龚更是脸色苍白，出气一口比一口粗。我叫上他们，就近坐到草地上喘气。出现这种状况不全是体力问题，有一半是高山反应。对高山反应不能硬扛，只有顺着它来，休息一阵，喝点水，吃些东西就会没事的。

三个老人依然那么不紧不慢地走着，根本就没有累的表情。长期长时间地转经对身子骨有好处。心无杂念，专心致志地走路，心口如一地念六字真言，心到意到，跟练武人内外兼修的气功差不多。

十一点左右，又陆陆续续来了二十几个人，其中有几个中年汉子，体格剽悍，还有些是老太婆。他们到了玛尼堆旁，都从怀里摸出一块刻印了经文的石头，抛到玛尼堆上，每个人都抛了一块或两块，难怪玛尼堆日渐长大，原来是每天都有人“添砖加瓦”。来的人抛了有经文的石头后，就开始顺时针地围着玛尼堆转经了。

又过了一会儿，一股股烟尘从远而至，是几辆旅游客车，全部都在我们的车后依次停下，红男绿女们叽叽喳喳地蜂拥到草地上。有部分人围着玛尼堆照相，甚至把玛尼石翻来覆去地看。转经的老人中有人制止，无奈游客们听不懂藏语，把老人们的比画当成好玩。我只好走上前，告诉他们这些石片石块是圣物，用探奇和调侃的心态去移动这些圣物，是会遭到报应的。顿时就有几个人围在我身边，一个劲儿地追问我会有什么样的报应。我说伤命倒不至于，应该是掉头发成秃顶、烂眼皮、脸上生疮之类的小毛病。这伙人立马就规矩了，毛病虽小，却都是破相的灾，光鲜的脸相转眼就长得疙里疙瘩的，那会比死更难受。在草地上照相的人走近玛尼堆时，及时得到了同车人的提醒。

其实摸摸印了经文的石头也许根本就没啥，只是那些心地善良、虔诚拜佛的老人们不习惯外人触动他们心中的圣物。我心里也不能接受，于是就吓唬他们，当然，也是善意的吓唬。

慈悲为怀的观音菩萨是会理解我的。

有个骑马的老人晃悠悠地从草地深处走来，他走到距玛尼堆数丈远处下了马，从马鞍下取下牦牛皮编织的褡裢，从褡裢里掏出几块玛尼石，抛到玛尼堆上，然后就加入转经队伍中。

喝了水吃了干粮后，我们也来劲了，再次陪着老人们转经。

还是老龚的话多，转了几圈他的喉咙就发痒。他放低声音说，六字真言真有那么神？别又是传播过程中被神化的吧？

他还是客气地选择了字眼，没动用“以讹传讹”等词。我正绞尽脑汁想对策时，那位最后骑马到达的老人却在身后发言了，而且是标准的汉语。他说，小伙子，你可千万不要亵渎佛爷，六字真言更是不能亵渎的。

老龚连忙辩解，他说他绝对没有亵渎的意思，他仅是探讨性地提出这个问题，因为眼见是实、耳听为虚，总想亲自见识一番六字真言的神奇。

老人不再搭话，微微勾着腰，左脚有点跛，低着头，拨动着手里的佛珠，念诵着六字真言，自顾自转经。

这老人有名堂。

两个小时后，老人们休息了，三三两两聚在一起打尖。

跛脚老人单独待在一丛红柳下。我们围上前，请他喝矿泉水，请他吃饼干，他不拒绝，又吃又喝，就像吃自己的东西。

老人吃够喝够后，背往红柳树上一靠，半眯着眼睛，神思悠远地给我们讲起了遥远的故事。

老人刚说出“四十年前”就停下了，他睁开眼睛，看看身旁这些热情而陌生的面孔，又仰躺到红柳上，老人说他叫益西，今年五十二岁。我不明白这个益西何以如此，我们更想听他肚子里的故事，对他的姓名和年龄倒没产生多少兴趣。

在老人把故事讲完后，我却后悔没能及时对老人的年龄感兴趣。要是开始就捕捉住关于老人年龄这个信号，我们能听到的说不定还要多。益西这个老头聪明绝顶，不是我们几个的智商可以比拟的。山外有山，人外有人，你要是牢记这句名言，事业上就会顺利得多，相应人际关系也不会出现紧张局面，关键是在现实生活中，人一旦有了某种成就，糊涂也就降临到头上了。其实，对成就的认可，仅是外来客体的瞬间反应，它并不证明你就高于他人。扯远了，还是回到益西老人的故事里吧！

老人说的四十年前应该是20世纪50年代。当时的草地几乎还是土司头人的天下。老人提了个要求，他说他只讲故事本身，要我们别打听故事中人物的真实性。

其实仅此一句，老人就在提醒我们注意，这个故事不是虚构的。

老人说，过去做大宗生意的人都要请人保护，不知什么时候就有了专门机构，内地叫镖局，藏区叫保商队，是支队伍。队伍里当家的会根据商家的货有多少驮来决定派多少支枪。这跟多少个人没关系，那时保商队都是人人两支枪，一长一短，短护长，长打远。保商队的人都是藏区各地的人，枪法好，精通各地方言和各种风俗习惯，身体剽悍，有的还会武术。当时有支专跑阿坝、若尔盖、威州等地的保商队，这支保商队有两百多人，信誉好，如果丢失了货物，一定会加倍赔偿，所以生意一直都很火爆。1946年，一个内地的商家到阿坝和青海的果洛一带跑了半年，到夏末时收购了三十几驮货物，都是麝香、鹿茸、熊胆、虫草等贵重药材，而且还有大批的文物古董、金玉珠宝。商家指名请了那支保商队保护，要求一直护送到灌县（今都江堰市）。商家出资五万银洋，一趟挣这么大笔钱对那支保商队来说还是第一次。坏事也就坏在商家所出的巨资上，出这么大笔钱寻求保护，那么被保护的物资也就非同小可了。

老人叹了口气，说商家少了个心眼儿，要是他动个脑筋，按十几驮药材的价，出个五六千块大洋，以后的悲剧就不会发生了。那支保商队的队长是个藏汉混血的人，父亲是汉族人，母亲是嘉绒藏族。那个队长枪法绝好，手握二十响的驳壳枪，抬手就能打飞鸟。而且头脑特别活泛，五万的酬金使他打起了歪主意，他从保商队抽调了二十几个心腹，密谋吃掉这批货。他玩了个花招，签约前，他单独约出商家，他要商家放话，让大家都知道商家不会请他的保商队保护这批货，他说要做得神不知鬼不觉才能保证货物的安全。于是社会上都知道了商家打算请的保商队不是他那家，签约时，就队长和商家老板两人，装驮启程都是在庙里。队长一改以往夜宿昼行的习惯，改为入夜动身，凌晨住下。不在村寨住，全是选那些人迹罕至处睡觉。第三天夜里，就在阿依拉山的险道上，队长一声尖细的口哨后，他的心腹们动手了，一阵接一阵的惨叫后，商家和他的十多个随从都被保商队的人杀死　到深不见底的峡谷中。商家和他的货物神秘地失踪了，谁也没有怀疑那支赫赫有名的保商队。半年后，商家老板的儿子只身进山寻父，找了一年多，都没有任何消息。正在他失望地准备回家时，一个中年男子找到了他，告诉他是那家保商队的队长带人杀了他父亲，说在阿依拉山的峡谷里还能找到他父亲的尸骨。夜里他在梦里看见了父亲被杀的经过，父亲眼里淌着血，那凄苦的眼神分明是要儿子替他报仇。老板的儿子在阿依拉山的深沟里找到了父亲的遗骨，他是凭指骨上的那枚戒指认出父亲的，那枚戒指非金非银，是檀香木精制而成的，背面刻有父亲的名字。

商家老板的儿子在原地埋葬了父亲的遗骨，从此再没离开草原。他投奔到若尔盖索格藏部落的土官手下当差。小伙子人很灵活，很快就学会了藏语，并博得土官的厚爱。土官是索格藏寺庙的活佛兼任，活佛让他随时跟随左右，他无形中就成了活佛的侍从兼保镖。几年工夫，他对草原的情况了如指掌，对在草原活动的所有保商队的活动规律也了解得清清楚楚。突然某一天，土官找不到他的贴身侍卫了，就像从来没出现过那样，消失得彻彻底底。

益西老人说到这里停住了，他说他得喝口水，歇会儿。他说讲故事很累人，比做活儿还累。特别是讲历史故事，因为是用心讲。

老人的怪毛病不少，可还得将就他。他喝了水，又抽了一支烟，是我递给他的中华牌香烟。他接过烟，在手里把玩着，似乎舍不得叼到嘴上点燃。我干脆掏出烟盒，把剩下的大半盒全送给他，他这才把烟点上，深吸一口，惬意地闭上眼睛。

抽完一支烟，他又不慌不忙地接着讲。

那个商人儿子的突然离去是他早就预谋好的，他定下的目标是拉一支人马，对那支强大的保商队实施报复只有斗智斗勇、以恶吃恶。他离开土官后，迅速组建了一支队伍，人数近百，他们靠抢劫为生，却从不在当地作恶，都是到几百里外，什么都抢，流动性很强。他实施复仇计划是在20世纪50年代初期，他探听确实那支保商队要保一批鸦片，很多，有六十多驮，那个队长要亲自出马。保商队从靖化出发，途经马尔康，走草地，从甘肃方向直奔陕西。土匪们的伏击圈就设在阿坝与若尔盖之间的一处森林边沿。那一带地势险要，保商队在进入前派人踏勘过，土匪们是半夜进入伏击地的。由于天太黑，没找到事先选择的地方，他们走到一堆石头后隐蔽下来。土匪头子，即商人的儿子趴在石头堆上，不眨眼地盯着前方，说不清保商队在哪个时辰通过，为了一击而中，他得一刻不停地候着。保商队选择曙光初露那刻通过，这是个令人防不胜防的时刻，土匪们一个个哈欠连天、倦意绵绵。当第一匹马走进土匪头子的视线时，他一声低吼驱走了手下的瞌睡虫。

问题就出在此刻。

筹划了几年，精心准备了几年，结果就卡在一个偶然的失误上。

是同伙中的几个人同时惊惊乍乍地嚷开了，原来他们竟趴在一个玛尼堆上，身下压的全是刻印了六字真言的玛尼石。

商人的儿子遇到了非常棘手的问题，六字真言是绝对不能亵渎的，否则会遭报应。

他万分沮丧地打了个手势，于是这伙复仇的强盗纷纷往下撤，撤得只剩下最高处的匪首时，正要缩回身子的他突然就看见了保商队的队长骑着一匹枣红色的唐克马一步三摇地正朝他走来，一点也没感觉到咫尺之外的威胁。

匪首终于眼红了，杀父仇人的模样他是刻在大脑里了，他曾偷偷地去保商队认过此人，在梦里也杀了无数次，今天就在自己的枪口下，决不能再让他逃生。

匪首终于在玛尼堆上开了枪，他只打了一枪，子弹从保商队队长的眉心穿过。

那一枪惊呆了他的所有同伙，也惊呆了整个保商队。

土匪们撤得很快，他们预先计划是消灭保商队的人，抢走这几十驮鸦片，使这支保商队声誉扫地。没想到一步走错，居然趴到了圣物上。在匪首不该打出的那一枪响过后，保商队的人战战兢兢地围过来时，土匪们早就无影无踪了。

那次伏击下来，土匪们就炒了头儿的鱿鱼，他们认为头儿亵渎了神灵，要是再跟着他会倒霉的。孤独的野狼正在选择走向何方时，又一件祸事奇怪地凭空降临。插在腰上的手枪无缘无故地走火了，子弹打断了他左脚的一根筋，治好后就再也没有复原。他当时就把枪抛进了草丛，他明白，这一枪是菩萨对他的教化。再干这个勾当就只有送命。他从腰带上撕下一截布条，扎紧出血处，找了根杉木棍，走向他不熟悉的部落，从此在草地扎下根来。

益西老人的故事讲完了，送给我们一个意味深长的微笑后，他跨上马背走向草地深处。当他的背影小到只剩下一个亮点时，我猛然悟到什么，他就是那个商人的儿子，也就是后来的匪首，他的左脚微跛，他的眼里有种深不见底的东西。我给老龚他们讲，大家都扼腕叹息，六个大活人，六个知识分子的脑袋，居然没玩过一个糟老头子。

回到县城，我问一个本地藏族出身的文化干部，知不知道一个当过匪首的跛脚老人，他一脸茫然。

第六章

并非彻底的背叛者

命运是前定的，更改是一种奢念。如果你要强行扭转冥冥之中的命运轨迹，代价是惨重的，那是用宝贵的生命做赌注。

措钦和南卡

都说我有草原情结，我每年总要想法到草原走一走，就是到了成都也不例外。草原神奇、博大，有藏传佛教营造出的人文方面的神秘，更多的还是大自然潜藏的神秘。草原的内涵厚重，人类靠掌握的那点可怜的知识连猜带蒙地搞了几百年，也只是在边缘逛逛。草原的冬天你可以体验到严酷的美，在呼啸的寒风中，在一览无余的白雪中，你都可以清晰地感受到柔弱的生命在无休止的挣扎中表现出的顽强。而在夏末秋初，大自然斑斓的五光十色是那么招摇绚丽、妖娆迷人。清亮蜿蜒的河流，缠绵而妩媚地走向遥远的天边。夏末秋初是草原的黄金季节，我多数是赶在那时走进草原。

在草原我交了很多好朋友，尼玛东周就是其中一个。尼玛是红原交警大队的大队长，是聪明和诚实两不误的敦厚汉子。只要到了红原，尼玛就会和他的朋友们为我们这些远方来客撑起一顶大帐篷，里面是十几张藏式茶几，几面上摆满了手抓羊肉、油炸果品、水果。帐篷当中是几坛青稞酿制的咂酒，还有雪白的酸奶、奶茶，都是非常可口的食物。到草原那是一种享受，还有藏族舞蹈，古朴、优美。用草地绵羊烤的全羊肥嫩不腻，撒上点盐，那滋味儿就美不可言。

草原的风光请各位找机会自己去品尝，我要讲的是关于尼姑的故事，而且这个故事是朋友尼玛开的头。尼玛与很多活佛都是朋友，像拉卜楞寺的贡唐昌大活佛、麦洼寺庙的喜喇活佛等都与他交情不错。

尼玛说的这位尼姑叫措钦，十几岁时就被送到尼姑庙。尼玛还提到另外一个人，也是本文的主角之一，他叫南卡，比措钦大一岁，巧的是与措钦同一年，也被家里人送到寺庙当小和尚。尼姑庙与南卡当和尚的寺庙相距三十多里地，这个南卡隔几天就要到荒郊野外与措钦聚一聚，是那种友谊的聚会。两人长到二十几岁时，择了个日子，各自从各自的庙里出发，准备长途跋涉到甘孜境内的色达佛学院去深造，这一去就再也没有回寺庙了。

尼玛所能记得的也就这些，我让他再往深处讲讲，他说他就只晓得这些了，而且是听别人说的。尼玛说的措钦肯定有故事，搞文学创作的人对故事格外敏感，特别是那种有挖掘价值的故事更是撩拨你的神经。

第二天我专程去了趟瓦切。瓦切与若尔盖县接壤，除了路边有几家小饭店小旅馆，其余都是牧区。本来以为有了名字一般都好问，没想到一问却问出问题来了。我先找了个开拉面馆的老板，老板是回族人，能讲汉语，甘肃口音很浓，要全神贯注地听方能听懂。我首先要了碗牛肉拉面，又酸又辣，就着高山产的大蒜，吃得我一个劲儿地哈气。这碗拉面如果在城市里吃，不一定好吃，在高海拔的草原吃却是好吃极了，说不出的舒服。

吃了老板的面，老板心里痛快，于是我问老板是否认识一个叫措钦的女人，或者一个叫南卡的男人。老板的回答猛然提醒了我。老板说凭他知道，措钦有七八个，南卡也有五六个，问我找哪个措钦哪个南卡。老板说得没错，藏族人中重名重姓的很多，一般都以职业或外形来区分。比如马尔康周围叫三郎的不下十个，有叫拖拉机三郎的，有叫大肚皮三郎的，有叫矮子三郎的，有叫东风三郎的。有的还以所住寨子来认定，比如小水沟三郎或是英波洛三郎。我告诉老板，是曾经当过尼姑的措钦和当过和尚的南卡。

老板笑了，说他知道，两人现在是夫妻。老板叫了个跑堂的小伙子，要他带我去。小伙子把身上的围裙一解，扬手挂在墙上的钉子上，领着我就往外走。

小伙子把我带到一顶帐篷附近，用手指着说，你要找的人就住这顶帐篷。小伙子说完转身就走，走了几步又回过头说，小心啊，帐篷外有狗。

走到距帐篷二十来米时，早已注视着我的牧羊犬发出了威胁的低吠。狗有两条，拴在东西两端，这种狗很凶，站着像头小牛犊，拴狗用的是环环相扣的铁链，很长，每条狗能拖着几公斤重的铁链绕着帐篷跑半圈，两条狗正好就有效地保卫了帐篷的安全，至少小偷是没胆量进去的。

狗叫声引出了主人，主人是个中年女人，身后有两个孩子。女主人朝我打量一阵，吆喝住狗，伸手请我进帐篷。

帐篷内的铁炉子上熬了一壶茶，我们在卡垫上坐下。热情的女主人给我倒上茶，她大概是把我当成了旅游的客人。我问她是不是叫措钦，她嗯了一声后，光是冲着我笑。我努力学着红原一带的语气又问她，她听懂了，一个劲儿地点头。

问题来了，显然，措钦对汉语几乎不通。

眼看我费尽心机钻进帐篷的目的就要落空时，一个不期而至的人救了我的急。人与人之间的沟通，语言是第一重要的，语言是多么的丰富啊，抑扬顿挫的语气再加以传神的眼睛和面部表情，那会让你感受到语言以外的激情。语言一旦没法交流了，两张傻乎乎的面孔略显尴尬，即使笑也透出无奈的痴呆和难以逾越的隔膜。

我和当时的措钦就是那种相对傻笑，两个小家伙在帐篷里追逐嬉戏，措钦呵斥了两声也未奏效，也就不去管了。

我一口气喝了三四碗茶，于是站起身，打着手势告诉措钦我准备走了，有我这个不速之客，大概措钦也觉得不自在，也没任何挽留的表示。她把我送到帐篷外，两条牧羊犬又警惕地盯上了我，眼前的视线很开阔，近处的草坝子上牛羊点点，黄河支流像条丝绸织就的腰带，静静地躺在美丽的草原上。到处都有零零星星的帐篷，帐篷是牧人的家，一年四季随着季节漂移，逐水草而居，生活艰辛而充满乐趣。

一辆疾驶的摩托车进入了我的视线。摩托车上是个穿大红衬衫的汉子，汉子的驾车技术娴熟。那车是直冲这顶帐篷来的，我决定等等这位驾车人。也就分把钟，驾车人就到了帐篷旁。两条牧羊犬摇头摆尾地向来人献媚，来人无疑是男主人。

男主人很魁梧，略略弯腰，伸出双手对我表示出友好，再次邀请我进帐篷。

他告诉我，他叫南木卡。我认定他就是南卡，汉语说得不错，交流没问题，至于南木卡，那是音译上的误差。

南木卡以为我是记者，他说他见过记者，记者还用照相机给他照了相，他给那些记者讲了草原，讲了藏传佛教的寺庙和僧人，讲了寺庙里了不起的活佛。他说他还教那些记者骑马，说到这里他脸上显出得意。他说有个女记者，他是举着她的屁股把她托上马背的。我告诉他我是作家。他有些愕然地盯着我。他不知道什么是作家，我说跟记者差不多。他笑了，非常得意地说，我说你是记者吧。他猜我是记者的理由多半是我胸前的照相机。

记者能使他兴奋。于是我给他全家照了张相，他全家都为我照的这张相而兴奋，于是我乘胜而进，恰到好处地把话题转到他们的过去。他按我的意图，说到他和措钦的早年生涯。

其实很多青梅竹马的朋友，亲密的根源都来自父辈的交往，是一种友谊的延伸。措钦和南卡两家是几代人的交情了，到了他们这代人，各有兄妹，偏偏就措钦和南卡最要好，这为他们以后的犯戒打下了基础。生活中并不尽是严肃，冥冥之中有种看不见的力量常常把人的命运用来开玩笑，而且玩笑运行的周期很长，当你幡然醒悟时，所能感觉到的全是残酷。措钦和南卡却是一个例外，形式上的惩罚正好恰到好处地圆了他们的梦。

两家人从来就是唱着悦耳的山歌，吆喝着牛羊一块儿追逐随着季节变化的牧场。上县城逛大街也是邀约着骑着马儿上路。南卡说，记得能在马背上坐稳的年龄，也就是五岁左右吧，两人都往一匹马背上凑，大人们分也分不开，后来索性就成了习惯，但凡出门，就把他俩抱到一个马背上。如果不是那场灾难，他俩或许就不会走那段让他们感到迷茫的路。

因为一场旷日持久的草场争斗，两人的父亲都送了命。邻近部落的人打着呼哨，把帐篷搭到了他们部落的地界，把牛羊也赶进了他们的草场，理由是这地界是他们的，而且是清乾隆年间就划定的边界。对于历史的说法，都是嘴皮子上的说法，没有嘴以外的任何物件作为证明。草原的边界是橡皮，一会儿属这边，一会儿属那边，是个永远也扯不清的问题。双方的部落头领率着他们的子民开了仗，真刀真枪地杀了整整一个月，双方死伤不少，措钦的父亲和南卡的父亲都死在那场械斗中了。两家的男人死了，似乎天塌了下来。为了减少吃饭的嘴巴，措钦被母亲送进了尼姑庙，南卡也被送进了寺院当小和尚。

这一分别就隔了好几年。等他们再次相见，措钦十六岁了，南卡大措钦一岁多，虚岁都踩上了十八岁的门槛了。

那次相见是在一年一度的大法会上。

虚岁十八的南卡相貌堂堂、聪明灵活，他已是活佛的近侍。

措钦是在很远的地方看见南卡的，当时她没有认出南卡，是为了目睹活佛的风采，她悄悄地走近活佛，那一瞬间她就和南卡打了个照面。

青春期的快速成长，从五官到全身的轮廓都发生了一系列的变化。两人从对方的眼神中都读出了似曾相识，而且相互间都感觉到令人诧异的相貌似乎都在流失的岁月里存储过。

活佛休息时，南卡溜了出来，他很容易就找到了继续逗留在经堂外的措钦。措钦是故意留下的，她心里也跟南卡一样，似疑非疑的疑团需要得到答案。

措钦长得很美，受了剃度的光头一点也不影响她的娇艳。南卡英俊挺拔，眉眼间到处都跳荡着青春少年的魅力。这是两人创造今后的前提，如果两人相貌平平，相遇时就不足以引起对方的注意，就不会发生以后的故事了。

在大殿外，两人对视一阵后，都在心底闪过一道光亮，几乎同时叫出了对方的名字。他们找了个僻静处，一阵寒暄后，坐到草地上开始聊天。讲的内容都是各自寺庙里的事，寺庙里的事大同小异，少了许多新鲜感。

孩童时的分别倏忽间就是六七个年头。几年光景，都长大了。南卡的嘴唇上已冒出薄薄的一层茸毛，而措钦身上的变化就更是令南卡面热耳赤，尽管束腰紧胸，两只呼之欲出的乳房还是高耸着颤动在胸前。

南卡说那次他俩见面的时间不长，因为活佛是午休，很快就要起床做法事。最重要的是两人都明白了他们相距得并不远，只要腿勤，最多两个小时就能见上面。寺庙对男女问题的清规戒律是非常明确的，一旦越界，下场是被驱出山门，几乎没有回旋的余地。

南卡说他和措钦其实心里都很怕，因为寺庙里的生活还是很多人所向往的，虽说少了异性的色彩，却也安然闲适，而且还有学问可以做，还有层层往上的前景令人向往。

那种矛盾的心情可以理解，一旦犯戒，就要失去舒适的学习环境，就会招来很多另眼。

南卡说他后来三天两头去找措钦耍，确实是一种忍不住的情绪强烈地催促着他偷偷跑出寺庙，措钦对他的影响太大了，以至每天眼前晃动的都是措钦的容颜。

南卡说最令人不解的是，活佛正在肃穆的法座上讲经，他看活佛时，活佛的脸居然就变成了措钦的脸。

如此诱惑是难以抗拒的，来自夏娃的魅力太强大了。

南卡说，那时他们偷偷摸摸地相聚，他回想起那些日子，满目的快活尽情地洒向了我。他说每次去，都是在很远的地方哼民歌。地道的草原民歌不是唱出来的，而是哼出来的，用嗓子能哼出高几度的曲调，那是牧区藏人的一绝。一声催一声的曲子，像涨潮的海浪，头尾相连，一波高过一波，一直可以传到几里地外。就连措钦的顶头上司，尼姑庙里的住持也禁不住赞誉，这个小伙子的山歌哼得太好了，姑娘们都会被他迷住的。她不知道的是，小伙子迷住的正是她眼前的姑娘。

南卡说措钦给他讲那个住持的样子很可笑，她猛地发觉说走了嘴，戛然噤声。住持无意间一句话更荡起措钦心海中的涟漪。

那位清心寡欲数十年的老尼，怎么也没想到哼山歌的小伙子会是个僧人，而且哼山歌的目的居然是为了勾引她庙里的尼姑。南卡这小子别出心裁的联络方式是在大白天搞阴谋诡计，既鬼鬼祟祟，又光明正大，遮遮掩掩地在阳光下约出了措钦。

七情六欲俱全的青年男女，由于从小活动在狭小的空间，鼓荡的激情却在胸腔内拼命地冲突。当初的唐太宗李世民在奖赏救驾有功的少林寺和尚时应该多说一句话，他只从素饮素食的清苦生活上怜悯众僧，他忘了这群活蹦乱跳的男人们，最需要的不是果腹之物，而是体内雄性液体的外放。他自己除了三宫六院，还有三千嫔妃，真是饱汉不知饿汉饥啊。他当时在说过准许和尚吃肉外添一句就是了，就说条件成熟的可以娶妻生子。如果中原的和尚可以讨老婆生儿子，那么文成公主金城公主入藏时就非常有可能把这个规矩带入藏，和尚们也就不用非要犯错误还俗了。

南卡说他和措钦虽说常常相聚，却不懂男女之事……总是冥冥之中一股不可逆转的力量使南卡难以自持地坠入到世俗的峡谷中。

南卡依然用高亢悠远的山歌曲子把措钦引出庙子，在一丛红柳林里把他的重大决定讲给措钦听。没想到措钦听后脱口就说她也要到佛学院深造。南卡愣了一下，措钦再次重复了她的要求。南卡不知该怎么回答措钦的要求，想了一会儿，他问她，住持能同意你去？措钦肯定地说，住持会支持她的。

南卡说他俩最后达成一致，决定三天后启程，三天之内最好是回家准备一笔钱。

南卡说当时两人心里都产生了从未有过的神圣感，感觉里似乎已经是藏传佛教的高僧了。

南卡说那天的天气很热，红柳丛旁边是条小河，两人都把脚泡到水里。他说措钦弯腰时坠下的衣服出卖了她的一对乳房，他觉得好看极了。

南卡说到这里，用藏语对一旁的措钦说了几句话，措钦笑了，笑得前仰后合，然后给了南卡一拳，而且骂了句什么。那一拳打得南卡满脸得意。

一男一女的童贞就这么在不经意间流失，在绿色的草皮上，再也拾不回一生一次的神圣。失去的似乎有些随便，细想时，一种挣脱羁绊的神圣在胸腔里盘旋。

出远门到色达，其实用不着准备三天。措钦和南卡回到家里各自要了些钱，再回到庙里，带上两件换洗的尼姑服和袈裟，极其简单的行囊，远没有城里人出门那么复杂，吃的用的洗的还有穿的要带上一大堆，南卡和措钦出门多清爽，一个挎包朝肩头一挂，举步就走。

有了最初的尝试，南卡心痒难耐，这一路上，只要有机会，两人就不断地偷尝禁果，从最初不谙其技变得越来越熟练了。南卡的形容很直爽，他说他从来就没想到男女之间竟然可以产生那么美妙的感受。

他们路上又坐车又走路，边走边玩，半个月后就到了色达，到佛学院的门口遛了一圈，再没朝里走。在色达玩了两天后，两人无心上佛学院了，立马打道回府。路上两人就商量好了，回去就还俗。

没想到家里人根本就不准他们还俗，对他们花了钱却不去佛学院的行为进行了猛烈的斥责。在家里人的陪同下，措钦回到了尼姑庙，南卡回到寺院。这以后他们常常幽会，与过去的约会不一样的是语言少了，身体的碰撞多了。他们经常变换地点，居然没有人发现他们的越轨行为。

措钦的妊娠反应到底引起了住持的注意，住持是过来人，年轻时结过婚，有过家庭，有过子女，对女人身上的特殊反应都很清楚。在住持经验老到的试探和盘问下，措钦的心理防线彻底崩溃，她和盘托出了和南卡的私情。

结果是可想而知的。措钦和南卡双双被逐出山门。当了那么多年的僧人，一旦离开，心里还是有点失落感。不过很快就过去了，其实住持在避开众人的耳目时，悄悄告诉措钦，等几年，要是还想出家，她是不会拒绝的。

我离开措钦和南卡的帐篷时，两条牧羊犬不再对我凶了，它们也有灵性，能够被主人友好接待的人，肯定是朋友。我问南卡他家眼下有多少牛羊，他掰着指头数了数，说有一群羊，大概百多只，有五十六头牦牛，就这些了。我毛算一下，南卡和措钦的家产起码价值几十万，比我富裕多了。我问他以后还回不回去当喇嘛，他摇摇头，他说他是不回寺院了，不好意思回去。我说措钦呢，他又摇摇头，说他不知道。

威严的寺庙反倒成全了这对恋人，孰悲孰喜，谁说得清?

尼姑央宗和唱情歌的热巴

记不清是在西藏的什么地方了，似乎江孜，似乎墨脱，似乎古鲁或阿里，又好像在青海的某个地方，确切地点我实在是记不清了。就在上述的某个地方的某处，我曾经在一面向阳的山坡上看见一座孤零零的坟，墓碑是木板做的，上面写的碑文是用藏文写的。当然了，今天你就是找到那个地方，坟墓有可能也已经荡然无存。因为毕竟已过了十五个年头，而且肯定是木质墓碑在日晒雨淋中最先腐烂，少了墓碑的坟墓就变成一个普普通通的土堆了，土堆是没有保存价值的，牛踩马踏羊擦痒，搞得不好也就剩下个矮小的土包。

当时陪我一起去的是个藏文中学的老师，老师是个小伙子，名叫洛尔依。洛尔依朝墓碑瞟了一眼，就说这是座尼姑坟，也就是说坟里埋了个尼姑。我问洛尔依，里面埋的尼姑有多大年龄。洛尔依重新浏览了一遍碑文，又到碑的背面看了看，非常肯定地说没有记载。

我们本来是路过这面坡，四周的景色很美，而且见到了东边日出西边雨、几道彩虹同时出现的奇观。从车窗上望出去，坡顶上的视野更辽阔，于是准备到坡顶上去，照几张照片，说不准将来能获摄影大奖呢！

我们离开那个土堆，开车上了坡，把车停在路旁，扛上脚架，背上摄影包，我们就朝坡顶攀登，刚刚拐过一道弯，就看见了另一座坟墓。

这个坟墓的墓碑上有尼姑的姓名，叫央宗，剩下的文字是些印度的经文，这在世界上恐怕也是较为奇特的墓碑。

墓里的尼姑触发了我的好奇心。

在坡顶上照了一卷胶卷，估计至少能选出几张好照片。洛尔依是甘孜巴塘人，西南民族大学藏语本科生。他也喜欢文学作品，也写了些东西，我们是在省里参加创作会时认识的，以后就成了好朋友。我俩专门相约，自己驾车到藏区各处走走，不带专门的目的，随便走走。在朋友处借了辆北京吉普，就由洛尔依开车，那时我不会开车，一路上把个洛尔依辛苦得叫人心疼。

最初是个叫嘎嘎的道班工人倚在摩托车上告诉我们，那个叫央宗的尼姑很漂亮，她夏天时常到这一带牧羊，羊是尼姑庙里的，有百多只，她和另外两个尼姑共同放牧。后来有个热巴，又弹又唱地勾引了央宗，再后来她就死了。嘎嘎知道得太少了，但是就他所知道的这点已强烈地吊起了我和洛尔依的胃口。

当晚我们没有再走，把吉普车开进道班的院子里，我给了嘎嘎两百块钱，嘎嘎就为我们开了间房，床是现成的，把打了捆的被子解开铺上就成。

道班里就嘎嘎一人。嘎嘎说道班共有五个人，其他四人休假还没回来。高寒地区的道班一般入冬就放假，要一直放到来年五月，除了留个守道班的，其余的都揣着一年的积蓄回家度假了。那年正轮上嘎嘎守道班，所有房间的钥匙都在他手里，他开了一间同事的房子就挣了我俩两百元人民币。

嘎嘎很勤快，给我们烧菜烧洗脸洗脚水，还给我们煮饭，把他打的野味，也就是野鸡野兔拿出来给我们吃。

我们一连在嘎嘎的道班住了两天，白天我们背了照相机到附近牧场走访，还去了央宗待过的尼姑庙。因为有了通晓安多藏语的洛尔依，两天来基本上弄清楚了央宗和那个弹六弦琴唱情歌的热巴的故事。

热巴是藏区特有的说唱艺人，他们浪迹天涯，卖艺求生，都是些多愁善感，却又性格刚毅的人。他们藐视富贵，嘲讽时弊，见女人就爱，有酒就喝。从某种程度上讲，他们缺乏责任感。痴心的姑娘要是倾心爱上这些浪荡的热巴，总会遭遇到善意的戏弄，这些热巴事后一走了之，从不拖泥带水，再不会露出踪影。

央宗本是贵族家的小姐，从小就被家里送进尼姑庙。20世纪50年代末期，她父亲参加了叛乱，战败后，带了家小逃往印度，翻越一座雪山时，一个随从枪走火引发了雪崩，除了没被带走的央宗，这个家庭彻底结束了。

央宗在庙里长大成人。成人后的央宗五官俏丽、眉目清秀，在尼姑庙里是最漂亮的年轻尼姑。

庙里的生活非常清苦，平常就是一点酥油加糌粑搅成汤，喝上两碗人也就饱了，要是能吃上萝卜之类的蔬菜，那简直就是奢侈。日子虽然寡淡，大家却都很知足，每天除了认真学习经文，剩下的光阴就是放牛牧羊打扫庙里庙外的卫生。

尼姑庙里养有百多头牦牛，两群羊，共有两百多只。夏天，庙里的尼姑们轮流着放牧牛羊；冬天，这些牛羊就交由专门的牧人赶往遥远的冬季牧场。冬天的尼姑们闲了，于是结伴外出化缘。

央宗在1982年的春天同两个姐姐长途跋涉，到拉萨化缘。她惊叹于布达拉宫的宏伟，在拉萨的四大寺流连忘返。那个流浪的热巴是在拉萨的八廓街于偶然中碰见央宗的。

世间的一切都充满了无数个偶然，无论你是走仕途还是经商，搞艺术或是交朋友，如是偶然也就是一种机遇。有些机遇你碰上了、抓住了，你的生活就有可能发生质的变化，这变化是祸还是福很难界定，因为你有得就有失。央宗在拉萨街头引起流浪热巴的注意，最终却导致了她独自演出的悲剧，但是在悲剧的形成过程中，央宗应该是幸福的。

那个热巴本来正在演唱格萨尔王的传说，突然看见走近的央宗，尽管缺少头上的青丝，仍掩不住袅娜的身姿和靓丽的容貌。机敏的热巴话头一转，用闲适的腔调唱道，各位无比尊贵的客人，格萨尔王的故事听久了也会累，为了让你们放松绷紧的弦儿，我给各位献上几首仓央嘉措的情歌。

随同央宗一起到过拉萨的一个叫米玛的尼姑，对那次的拉萨之行印象格外深刻。她说出远门去化缘看来艰辛，其实乐趣也很多，可以开阔眼界，见到很多在庙子里想也想不到的东西。她说化缘不是乞丐，乞丐是为了填饱肚子，目的是为了自己，化缘是积德，是宣扬佛法。米玛的神情里流露出对外面世界的留恋和向往，尽管进寺庙当了尼姑，但要彻底抵挡住世俗的诱惑，实在是难。

其实有个问题是我一直想朝深度思考的，即世俗存在的一切，对所有的生命是否是公平的融入，所有的生命，是否有必要抵御世俗拥有的一切？这不是理念所指，而是生活体现。

米玛对热巴唱的几首情歌记忆犹新，她学着热巴的腔调，对我们唱了一遍。开始她把嗓门压得很低，我知道她是怕有人听到后传到住持的耳朵里去。洛尔依鼓励她，这四周除了牛羊就是空旷的草原，那些人都离得很远，根本就听不清是谁在唱歌，更不可能听出唱的是什么内容。

米玛有了胆量，果真就站起身来由着性子唱开了。

风啊，从哪里吹来？

风啊，从家乡吹来！

我幼年相爱的情侣啊，

风儿把她带来！

大河中的金龟，

它能将水乳分开，

我和情人的身心，

没有谁能够拆开。

我对你的心如新云密集，

赤诚缠绵眷恋相爱。

你对我的心如无情的狂风，

一再将云朵吹开。

蜂儿生得太早了，

花儿又开得太迟了，

缘分浅薄的情人啊，

相逢实在太晚了。

仓央嘉措的情歌本身就写得很美，再这么充满柔情蜜意地一唱，感动得让你眼泪直淌。米玛唱着唱着，眼泪拉着线地往下淌，唱完第四首她再也唱不下去，索性扑到草地上号啕痛哭。歌声勾起了她对昔日闺蜜的怀念。

热巴略显沙哑富有磁性的嗓音唱出的仓央嘉措的情歌，又是另一番绝妙的风光。正在行走的央宗，脚下犹如被谁施了法术，突然就迈不动步了。那一句又一句的歌词，都钻进了她的耳朵，听到第二首时，她就感觉到脸上发热，心儿在胸腔内一个劲儿地蹦跳。

当她抬头看那位热巴时，热巴那火辣辣的眼波一浪一浪地朝她卷来。她赶忙低下了头。她告诉自己马上离开迷人的歌声，可双脚却不听话了，一动不动地钉在地上。

直到身后的姐妹们开始推她了，她才从优美的情歌里解脱出来，又去沿街化缘。然而心绪的宁静已全被热巴唱的情歌搅乱，她从生下来到成人，还从来没听过那么动听的歌。她当然也无从知道那些情歌是有史以来最多情的大活佛仓央嘉措所谱写。

热巴的魂也被央宗勾走。

热巴拱手作揖一圈，要大家明天再来听他说唱格萨尔王的传说，今天家里要死人了，得马上赶回去。说罢，提着六弦琴把放在地上的行囊挎到肩上，紧追央宗而去。

听他说唱的人们被蒙了，是啊，家里要死人，应该是头等大事，会引起广泛的同情。待热巴的身影刚一消失，有人顿时醒悟，走遍天下的热巴，哪里都是他的家，惯常是一人吃饱全家不饿，如果有家，也不知道在何方。热巴撒了个漏洞百出的谎言，至于明天他还会不会出现，只有天知道。

热巴啊，热巴，真诚和谎言都用共同的调味，他们的谎话走一路丢一路，他们的真诚也是走一路撒一路。他们流浪，他们浪游。

央宗他们开始根本就没有发现热巴的跟踪，她们沿街化缘。见年轻的尼姑上门，人们都慷慨解囊，给钱给物。第二天她们满载获赠，起程往回走了。她们没有看见，扔不掉的尾巴远远地跟着。

聪明的热巴不露声色地一路跟着，直到草原深处，他亲眼看见尼姑们迈进尼姑庙后，才留恋地吧嗒着嘴巴离去。

热巴心里明白，尼姑庙是圣地，不能在这里招惹是非，只有夏天到来他才有机会。夏天，尼姑们都要轮换着放牧或干活，到那时他就可以接近那个美丽的尼姑了。

热巴是个勾引女人的高手，他能放长线钓大鱼就足以证明经验老到。按理说，热巴这个行当同样充满了辛酸苦辣，他们长年累月经受着日晒雨淋，也在饥寒交迫中度日，然而他们是自由的，他们一般都热爱自己的职业，用说唱的形式为受欺凌的人打抱不平。

夏天到了，漫山遍野的鲜花争奇斗艳。职业牧人们从远处赶回牛羊，交给庙里。剩下的日子就由庙里的僧人或尼姑接手。央宗和米玛共同牧一群羊，大概有百来只。她俩把羊群赶到有水有草的一面山坡下，然后找了个有树荫的水边坐下聊天，热巴的歌声就在此刻恰到好处地在近处飘起来。央宗和米玛初时没在意，然而听着听着心就开始狂跳。

热巴唱的又是仓央嘉措的情歌：

浓郁芳香的内地茶，

拌上糌粑就最香美。

我看中了的情人，

横看竖看都是最美。

白昼看美貌无比，

夜晚间肌香诱人，

我的终身伴侣，

比鲁冰花更为艳丽。

白色睡莲的光辉，

照亮整个世界；

格萨尔莲花，

果实却悄悄成熟。

只有我鹦鹉哥哥，

做伴来到你的身旁。

热巴弹着六弦琴，唱着唱着就走近了央宗和米玛。快乐的热巴看着央宗的目光里闪烁着久旱后对水的渴望，他心里顿时充满了信心。热巴长得很英俊，语言风趣流畅，言行得体又入人心，很快就把央宗的心搅得七上八下。

米玛清楚地知道热巴是因央宗而来，她怕央宗陷得太深，悄悄地提醒央宗要跟这个热巴保持一定的距离。

央宗心里明镜似的清楚热巴希望的是什么，也知道一旦陷深了会有什么样的后果，但她被热巴的苦苦追踪所感动。

无论男人还是女人，一旦坠入情网，立刻就会变得愚蠢，什么利害得失也全都抛到脑后。话又说回来，真正的爱情是没有任何杂念的，是不受世俗中的种种现象所干扰的，关键是这种时候一般都很短暂，在这很短的时间里，一切乱七八糟的东西还来不及侵入。在这个时段里，爱与被爱都应该是最纯洁最真挚的。

央宗被俘虏了，下午收羊群时，央宗请米玛把羊群赶回去。米玛把羊群赶过山坡，米玛的背影还没有消失，热巴就把央宗拥进怀里。

那以后啊，央宗总是催着米玛早早就把羊群赶上山坡，然后米玛一个人伴着羊群移动，央宗就到红柳树林与热巴约会。每天，热巴都给央宗唱歌，唱动人的情歌，唱他所遇所闻的趣事，唱他家里的悲惨遭遇。央宗在他的歌声里欢笑，在他的倾诉中激动，在他的追忆里叹息，为他的命运所悲伤，为他的勇气所鼓舞。在小河边他们烧上一堆火，热巴拿出随身带的铜锅熬上茶。饿了，热巴会变魔术般地变出糌粑和酥油，而且还有白糖，他给她揉上一碗又香又甜的糌粑疙瘩。

他们在红柳丛中相依相偎……

吸天光，吸地气，总之快乐非常……

央宗觉得上师说的幸福太遥远、太模糊，只有这个浪迹天涯的热巴给了她最现实的愉悦。当他们静静地相拥而坐时，热巴就给她讲故事，他讲得绘声绘色，讲得激情飞扬。

热巴还给她讲了六世达赖仓央嘉措的故事，他说仓央嘉措尽管只活了二十五岁，但他却是活得最值得的活佛。热巴说仓央嘉措敢爱敢恨，敢于私下走出寺院去与多情姑娘幽会。热巴说到动情处，眼神里流露出无限的崇拜和向往。

一到晚上，央宗就把热巴的故事讲给米玛听，央宗眼里的热巴，无疑是最多情、最能干、唱歌最好听的一个奇人。

如痴如醉的央宗总觉得热巴的出现是上苍对她的恩赐。

古人有句话，叫作好梦不长，好景最受季节所限。

央宗和热巴的热恋终于因为热巴的离开拉上了帷幕。原因很简单，热巴所带的吃的喝的告尽。热巴说他还得到外地继续他的艺术生涯，等他挣上一笔钱，买上一群牛或羊，他就来接央宗还俗。

两人都难以忍受即将到来的离别，然而生活的现实是严酷的，它不容哪怕是丝毫的幻想。央宗也没能力供养热巴。

央宗说要等到他挣够能买牛羊的钱太遥远了，她不稀罕多么富有，她只要两人待在一起。

于是热巴许了个愿，到冬天时，他一定再来看她。

我曾做过一个调查，对象是藏区的流浪艺人。我发现，几乎找不到有靠说唱发迹的流浪艺人，他们走一路唱一路，所挣的钱或物主要靠观看他们表演的人自由施舍，每天果腹之外，最多能有一点微薄的节余。这个热巴对央宗的许诺显然是言过其实。他知道自己做不到自己所言，但他又不愿彻底断了央宗的念想。一个善意又不失恶毒的谎言顺嘴流出。

热巴走后没多久，央宗就发觉自己的身体有了异样，初时呕吐不已，每月的红事也不来了。姐妹中有过来人明白央宗是怀孕了，于是悄悄地把这个事实向住持做了汇报。直到住持来问她到底是怎么回事时，央宗自己才知道她的肚子里已经怀上了小热巴。单纯的央宗并没有掩盖她和热巴的恋情，她和盘托出自己的隐私，住持最初的意思是立即把央宗赶出庙门，在众姐妹的求情下，住持终于同意等她把孩子生下来再走。

到了冬天，央宗每天都到她和热巴倾情的红柳林里去等热巴。那个可爱又可恨的热巴却了无踪影，整个冬天都没再出现。

后来央宗就到山坡上去望，她每天都充满希望地出门，每晚又失望地归来。

来年初春，央宗产下了一个漂亮的女孩，在床上躺了两天后，央宗又拖着虚弱的身子到坡上去望。她想告诉那个热巴，她给他生下了一个漂亮的女儿。

那些放牛的人，还有放羊的人，他们每天都看见这个痴情的尼姑站在坡上望啊望。他们曾经劝她，对她说流浪的热巴们多是些情种，他们走一路撒一路种子，然而从来就不回头收获。央宗对牧人们的好心劝说总是摇摇头，什么也不说。

她终于病倒了，是那种可怕的产后热。住持曾请了藏医来看病，藏医把了她的脉象后说，她的病很重，能不能痊愈只有靠天了。

藏医的意思非常明确了，央宗也知道自己剩下的日子已屈指可数，她央求住持，在她死后，千万别烧她，就把她埋到那面坡上，那里离那丛红柳最近，住持答应了。

两天后，央宗就躺在那面绿草茵茵的山坡上了。米玛失去好友哭得天昏地暗，她用自己的积蓄请人做了个木质的墓碑，又请其他寺庙的喇嘛刻了超度的经文和央宗的名字。

米玛说就在央宗去世两个月后，那个热巴来了，出人意料地来了。他八方打听央宗的下落，当他知道央宗已长眠在山坡上时，他在山坡上央宗的坟旁整整坐了三天三夜，唱了三天三夜。米玛还记得其中的一些唱词，有些还是仓央嘉措的情歌，她凭回忆给我们背了两首：

涉水渡河的忧愁，

船夫可以为你除去，

情人逝去的哀思，

有谁能帮你消忧？

到处都在散布传播，

腻烦的流言蜚语。

我心中爱恋的情人啊，

眼睁睁地望着她远去。

太阳照耀四大部渊，

绕着须弥山转过来了，

我心爱的情人，

却是一去不再回头。

尽管是米玛的复述，我和洛尔依还是听得热泪盈眶。米玛还说，她曾去央宗的坟前，把热巴骂了个狗血淋头。

热巴告诉她，原本冬天他就要来看央宗的，无奈大雪封山，他曾打算冒险翻越冷森森的雪山，谁知刚到半山就被冻僵了双脚。米玛说热巴脱下脚上的鞋子给她看，热巴的双脚十根指头仅剩下疤痕累累的三根。热巴还解下自己的腰刀，请米玛用刀来惩罚他的失约。

这个热巴也亏他想得出，米玛是个踩死蚂蚁也要发抖的善良女子，给她一百个胆她也不敢拿刀杀人。

米玛说，热巴后来走了，走得很艰难，但他确实走了。从此再也没见过他的影子。

不管怎么说，这个流浪汉还真是有情有义，难怪那么多的人劝央宗，她就是不信热巴是玩弄她的感情，央宗的感觉没错。

我把这个故事完整地讲给嘎嘎听，嘎嘎迷茫地说，他的老婆对他从来就是不冷不热。

我想人类的家庭大都如此。如果热巴和央宗一旦组成家庭，也许会一样走向世俗的冷漠。

这是我愚蠢的猜测。

第七章 灵魂的载体

从一般意义上讲，人对死是非常恐惧的，五光十彩的现实生活转瞬就从眼前消失，生命将不复存在了，就按轮回说来讲，阳世之外的世界阴冷森然，没有感情交流，没有友谊存在，只有冷酷而残忍的无尽折磨。

已升天国的哈姆

阿坝州的阿坝县每年都会举办一次以商品贸易为主的盛会，当地叫扎祟节。扎祟节的形成应该有近百年或百年以上的历史，这个节日很热闹，有很多表演活动。我在州内工作时，曾参加过两次扎祟节。第一次是1990年。那年的六月，多雨，开幕式那天阴雨绵绵，绝大多数的与会者都在雨中淋着。于是众多的脸都迎合着忧郁的老天爷，雨点把人们的快乐也淹没了，我浏览四周，在围观的人群中只有一张姑娘的脸笑得最灿烂。那瞬间，她的笑容烙在了我的脑海中。那次扎祟节满街泥泞，到处都是湿漉漉的，甚至灵魂都被讨厌的雨水浸透，基本上我们是败兴而归的。

第二次的扎祟节就令我大开眼界了。

那是1992年。那年的扎祟节晴空万里，整个县城彩旗飘扬，人人脸上都荡漾着节日的喜色。开幕式那天，政府官员一声令下，伴着震耳欲聋的鞭炮声，数千之众的马队威武地排队受阅，接着就是摩托车队。据说以人口比例来衡量，阿坝县在县一级辖区里拥有的摩托车是全国之最，而且其中有相当部分是大功率的高档摩托车。不要小瞧弹丸之地的阿坝县，做生意的人遍布全国各大城市，生意场上又如鱼得水。那次扎祟节让我大饱眼福，强悍迅猛的马术表演、万马奔腾的车技竞赛、琳琅满目的边塞商品……这些都不重要，关键是我又见到了那位姑娘，又是在赛马场上。姑娘很美，艳若牡丹。她笑着叫着，朝奔驰的马队里拼命鼓掌。同去的老李是搞美术的，他说姑娘肯定是在为她的情人加油。我们走近姑娘，与她站成一排，也朝马队呐喊助威。我们是盲目的，而姑娘是情有所指。渐渐地，我们就搭上话了，搭上话以后我们知道了姑娘叫哈姆。哈姆说她阿爸骑术最棒，五十多岁的人了，敏捷和机警一点也不比小伙子们逊色。姑娘又是一阵快乐的笑声和鼓掌。顺着哈姆的手指，我们看见了她阿爸。她阿爸果然如她所说，在马背上微微前俯的身躯，展示出一种力量。她说她每次扎祟节都为参加赛马的阿爸助威叫好。我故意问她男朋友有没有参加赛马会，哈姆说她没有男朋友。哈姆很大方，她说她读了西北的一所大学，学的畜牧专业，毕业了，她却不想参加工作，她要跟自己的家人在一起，她不想在办公室浪费生命，她要学有所用。她说她家里有牛有马还有羊，什么试验她都可以搞。父母亲和哥哥姐姐们也都支持她，用不着请示什么多余的领导，自己就是领导，多愉快啊！再一细看哈姆的阿爸，感觉更不一样了。哈姆的父亲长得威猛剽悍，个头儿很大，在马背上俨然就是一座铁塔。他纵马驰骋的身姿怎么看也不像是五十多岁的人。哈姆说给她介绍的小伙子她也记不清到底多少了，直接追她的男人也不少。这我相信，这么美的姑娘，又有相当的文化素养，家庭的经济条件也不错，单身汉见了她，都会想入非非的。哈姆说所有她接触过的男人没有一个能令她心动的，主要是没有一个能比得上她阿爸的。老天哟，她是比着父亲的模式来选择男朋友的，看来父亲太优秀了对女儿不一定是好事。

赛马会结束了，我和老李请他们父女俩吃饭。父女俩欣然接受邀请。哈姆父亲的脸黑里透红，手臂上的肌肉令人充分感受到男子汉的强壮。他父亲叫夺尔吉，性格开朗，汉话讲得很好。吃饭间，他将一大碗酒，大概有半斤，纯粹的60度高粱白酒，仰脖子就喝了个底朝天。他说他现在最操心就是女儿的婚姻，要我们帮忙物色一下，条件是品行端正、体格强健、聪明刚毅，有文化有事业心，至于地位啦经济条件啦这些都不重要。他的要求无疑就是自身的翻版。父女俩共同邀请我们到他们家做客，他们家距阿坝县城有二十多公里，那里是个不大不小的寨子，有好几十户人家，房子都是泥木结构，黄土筑的墙又厚又结实。家里房间很多，有专门的经堂，佛像和供品一应俱全。被我称为堂屋的房间起码有一百多平方米，一个甘肃产的大铁炉子占据了屋子中间近三平方米的地面。短短的两天，我们就和哈姆混得很熟。老李是搞美术的，见了美人儿心里就产生想法，他说他想请哈姆给他当模特儿，就在万紫千红的草原上画幅画。哈姆答应得很爽快，根据老李的要求，带了几套鲜艳的衣服，还有价格昂贵的饰物，让老李画了整整一天。老李那天画得满身臭汗，收获却是满满的。他说到草地很多趟了，只有这趟是最值得的，你看哈，蓝天白云，牛群羊群是蓝天映衬下的地面的云团，再加上非常漂亮，不不不，美丽得让太阳也含羞的哈姆，哈哈，老天爷给了我这么一次可遇不可求的机会，哈哈哈……

老李乐疯了。

就这么个令人心动的姑娘却突然死了。一切的向往都还没有来得及实施就走了，老天也太吝啬了。

她死于一场疾病，是突如其来的重病，全称叫突发性重症肝炎，而且是感冒引起的，简直令人难以相信。事情发生在哈姆与我们熟悉后的第五天。哈姆刚满二十五岁，就离开了阳光灿烂的世界。我们在阿坝县共待了六天，准备第二天就打道回府，走之前必须要做的一件事是向我们的新朋友哈姆道个别。当我们赶到哈姆家时，却被浓郁的悲伤气氛罩住。见到哈姆的父亲时，这个刚毅的汉子被突降的悲痛击弯了腰。经堂里是十多个喇嘛正在念经，近邻和亲友们正不断地前来奔丧，哈姆的哥哥姐姐们正操持着一切。我们简直不能接受这个事实，两天前的音容笑貌还历历在目，我们还在想着怎么完成为她找男朋友的任务啊！当时的我尽管已面对哈姆已死的事实，却怎么也想不通，活生生的一个人，一个浑身都充满阳光的美丽姑娘，生命怎么就那么不经折腾，说死就死了，连个商量的余地都没有？

我们没急着走，我和老李商量后决定等哈姆的后事办完了再返回马尔康。

对哈姆的遗体进行的是天葬。天葬是升向天堂最近的路。

哈姆的遗体在家里放了五天，她父亲夺尔吉在极度悲伤中晕过去几次，他们父女之间的感情太深了。第五天，一头黑色的牦牛把哈姆的遗体运到了天葬台。当地有个规矩，外地人不能进入天葬台，于是我们只好远远地为猝死的朋友送行。她的灵魂在喇嘛的诵经声中升向了无灾无病的天堂。

我和老李专门准备了厚厚的一沓纸钱，用我们的形式告慰小哈姆，我们会永远记住她的，祈求极乐世界的菩萨们，一定要接纳善良美丽的哈姆姑娘。

事隔好几年了，我始终忘不了善良而自有主张的哈姆。最大的遗憾是老李画哈姆的那些珍贵的素描，被老李的夫人在强烈的忌妒心的驱使下，当着老李的面一把火烧为灰烬。就为这事，愤怒至极的老李一纸离婚起诉书把老婆推进了其他男人的怀里。

灵塔

在藏区，塔葬是一种高层次的丧葬仪式，与一般人是无缘的。

灵塔是藏族建筑文化在佛教历史中的独特体现，它既是具有观赏性的佛塔，又是得道高僧的陵寝，意义和功能是双重的。塔葬在宗教哲学上体现了“转世”和“轮回”的内涵与外现。西藏高僧罗桑伦巴对灵塔有过一番形象的描述，他认为灵塔的方形底座象征大地坚固的基础，依次而上为水球、火托、气托，顶端则是波动精神或欲摆脱物质世界的灵气。灵气是渐次升华，直至圆满。

享受塔葬资格的尸身首先要进行防腐、干燥和修饰处理。处理尸身这三步骤的要求非常高，博大精深的藏族文化中的藏医学、工艺美术、化学等在这里得到高超的体现，只有在这些方面具有卓越才干的人方能使灵塔完美无缺。

只要具有高僧的身份，就能使灵塔完美无缺。

十三世达赖于1933年10月30日圆寂。达赖气绝后，隆重的丧葬仪式拉开了帷幕。达赖是雪域高原的首座高僧，去世以后的葬礼当然应该有别于所有人的规模，属于最高规格。圆寂当天，日常侍奉左右的喇嘛们把他的法体抬到法座上，换上古龙神服，用一方丝质的红巾盖在脸上，法座正面的供桌上除了长明的酥油灯外，还摆满了各种食物。然后由噶丹寺大喇嘛领着一大群喇嘛念经超度十三世达赖的灵魂。世间的很多奇迹不得不令人咂舌称奇，本身已经僵硬的尸身在念了三天大经后变得绵软了。300多名喇嘛簇拥着达赖喇嘛的遗体，人们都为十三世达赖的早逝痛惜。当时的很多人都以为十三世达赖是被上天召回，他们不知道十三世达赖是决心整肃缺乏生机的格鲁派，当时不少僧人不守寺规，搅扰民众，十三世达赖励精图治，采取了一系列的严厉措施，后来他又在南无法会上，情真意切地讲了很多有关团结的道理，讲了很多共度艰难的必要，尽管听的人中有不少听得大放悲声，感动不已，然而对整顿教规却收益不大。长此以往的奔波劳顿，使十三世达赖心力交瘁、积劳成疾，终于影响身心，健康崩溃，在五十八岁时去世。

悼念活动结束后，专事尸体处理的喇嘛遵循传统的防腐措施，在重新用香水洗过的尸体上反复涂抹防腐药料，然后用上等白布把尸体裹紧，只把头部和双臂留在外面。防腐的最后一道工序是用食盐慢慢浸透全身。防腐完成后，把旺则神服套上尸身，放进特制的木龛中。这种等级是森严的，任何人都没有僭越的权力，而这些权力是人赋予的。神在人前是以人形现身的，神的借助范围很宽，大千世界的所有物体都是他们借用的对象。人体是完美的，所以神在选择可以依附的形体时，更多的时候选择了人的形体。人们尽管把诸如鹰、鱼之类的不少动物视为神明，然而要把它们供奉到佛堂是不行的。所以在藏传佛教这一大文化的背景下，物与物的界别与人与人之间的等级划分，是以统治者的意志为转移的。这不是推论，这是事实。十三世达赖功不可没，当时的噶厦仿照五世达赖的灵塔规模，特意建造了一座十多米高的金塔，塔身全用纯金皮包裹，其间镶嵌了不少的玛瑙、珍珠、珊瑚之类的珍贵宝石。对于像高僧达赖、班禅等功德圆满的大活佛，用灵塔把他们的肉身保存起来，佛教徒们认为那是必要的，他们认为，把这些高僧们的肉身保护起来，对生者有极大的利益。如此说法来自历史典籍的记载，《大悲白莲华经》中说，佛界至尊如来佛的遗体长期存放于灵塔内，在经历了无数次劫难后，由也是佛界至尊的释迦牟尼作法开启塔身时，肉身居然干燥完好如初。大师们的肉身建塔存放是为了弘扬佛法。历届达赖都是观世音菩萨转世，圆寂后当然也要完整地保留肉身。只是在具体到某一位重要活佛时，至于到底施行火葬还是塔葬，高僧们在定夺时也要认真地争论一番。

在藏传佛教的历史上，也曾出现过不愿意塔葬的大活佛。清乾隆时期的三世章嘉活佛就曾在圆寂前留下遗嘱拒绝塔葬。1786年，这位清代著名的四大活佛之一就留下遗嘱：“我已通过巴忠上奏皇上，你等就不要提出完整保存我的遗体和建立金银灵塔的要求，骨骸火化后，把骨灰及身像装在一个不大的铜塔里，安放在五台山镇海寺中即可。”当时与章嘉活佛同时代的一些富有的喇嘛，大都想与宗喀巴及其弟子比较，要保存完整的遗体并要建造金银灵塔，章嘉活佛之所以立此遗嘱，目的就在于抵制攀比的不良风气。章嘉活佛认为，像宗喀巴大师及其弟子那样无可争辩的圣贤，将他们的遗体保存下来是为了众生的永久需要，凡夫俗子如果也要与之比拟，此乃坠入罪恶之根源。尽管乾隆皇帝敬重章嘉活佛的人品，仍在他去世后违背了他的遗嘱，花七千两纯金为活佛建造了一个镶嵌满无数奇珍异宝的大灵塔，盛装完整的活佛遗体。这是皇帝心里对章嘉活佛的诚心追思所为，可他对当初活佛要非常认真地以身拒腐的言辞是认可的。大师认为自己远远不能与班禅那样的大活佛相比，死后的规格自然也绝不能与之相提并论，明智的章嘉活佛，表现出的品质是无比高尚的。

装有肉身的灵塔藏语称为“玛尔栋”，意为红葬，另一种灵塔是肉身火化后将舍利装进塔内，这种塔叫“噶尔栋”，意为白葬。拉卜楞寺的首任活佛嘉木祥·俄昂宗哲、第二世嘉木祥·久美昂语、第三世嘉木祥·洛桑图丹久美嘉就进行了玛尔栋的红葬，第四世和第五世活佛则进行了噶尔栋的白葬。

第八章 精美的艺术

就我所知，自藏传佛教传入藏域以来，人们便能从博大精深的佛教文化中强烈地感受到艺术的无穷魅力。而在流传于藏区的艺术中，更为浓郁的是宗教气氛。

艺术是人类社会不可缺少的重要生活内容，宗教艺术更是藏传佛教独秀于林的一大特色。人们赞叹其美是发自内心的。藏传佛教所包含的艺术也叫“藏密艺术”，其在线条的明晰和色彩的运用上有独到之处，同时它兼容了印度宗教艺术、尼泊尔宗教艺术、中亚宗教艺术及国内的中原艺术的精华。

你走进藏文化的历史长廊，会发现其间不存在独立的艺术作品，也就是说没有纯艺术的东西，像绘画、雕塑、音乐等基本上都属于宗教性质，内容大体都表现神灵故事。这种现象源于藏传佛教的神话，即自我的不存在论。于是延伸到表现自我是毫无价值的，所有的艺术之美一旦脱离了神的生活就将变得毫无意义，神的生活属性与真理、善良紧密相连，单纯的唯美主义在藏族的传统艺术中起到的作用是微不足道的。

用发展的眼光看，藏族的宗教艺术在形成之初是完全开放的，学习外来文化方面也是积极主动的，所以才形成了令人赞叹的自然美感。然而，上述各种艺术一旦趋于成熟，就以强烈的模式化状态无止境地穿越历史，成了永恒的楷模，以后所有的从事艺术事业的人几乎无条件地被局限在匠人的地位，也就是说，顶天了不过是个临摹高手，人们对艺术的观赏和赞美也停留在对数百年前那些艺术家的创造性的思维上。按藏族人的聪明才智，如果他们不受那些不可逾越的规矩的羁绊，在世界的艺术天地间，出现几个罗丹、安格尔、伦勃朗、塞尚、高更、凡·高之类世界级顶尖的艺术大师是不应该有问题的。

神的领域应该是无限的。

祖先们创下的美的基业，理应激扬后人去超越，而不能仅仅躺在上面，享受世人对遥远历史的赞美。

悠久的文化历史有时候是捆绑手足的绳索，我们除了传承其闪光的精华，更多的应该是从陈旧的腐朽中争取新生命的升华。

壁画和唐卡：神奇的东方油画

在藏区，随便你走进哪座寺庙，你是没法回避满墙的壁画和素有“东方油画”之称的唐卡的。如果你只是注意浏览那些端坐一方、姿态各异、面目祥和而神秘的大大小小的佛像，而忽略了寺庙里的壁画和唐卡，你的游览和观赏至少是有残缺的。藏族的壁画和唐卡是整个藏传佛教演绎中不可缺少的重要组成部分，只要建了寺庙，就必定有壁画和唐卡，可以这么说吧，没有壁画和唐卡的寺庙是名不副实的。

在藏族的宗教艺术中，最具特色、最为生动的莫过于藏传佛教的绘画了。从某种程度上讲，藏传佛教的绘画的要旨是以具象向人们展示佛教的发展史，还把深奥的佛学哲理和宗教的根本信条图像化，让人们能够较为轻松地理解藏传佛教。很多深奥的文字仅仅借助语言来阐释，文化程度的高低就决定了所能理解的程度，而用人物形象和自然万物来进行形象化描述，文化水平低就不成其为障碍了。

用绘画来向世人宣讲佛教这一大文化现象，在藏传佛教中恐怕是最为普及和最早的超前思维了。很多搞摄影的朋友，当然是那种专业性质的摄影家们，每年他们最喜欢去的地方就是藏区，他们每年平均要在藏区待上大半年。用他们的话说，在藏区，随时都有意想不到的画面出现。

他们数十次地穿越岷江上游、黄河发源地、长江上游，他们还走过人迹罕至的雅鲁藏布江大峡谷，他们以多年的感受总结出，藏区的自然景观和人文景观是从事摄影事业的人的永恒题材，那里的素材取之不尽、用之不竭。同一个地方，不同的时间、不同的气候、不同的云层或云朵都会出现不同的图像，藏民族是个伟大的民族，他们的习俗、生活乐趣、服饰、特殊的劳作姿势，都让这些摄影家们魂不守舍。而在这之间，藏传佛教又是他们最重要的题材，他们每人都拍出过精品，那是不可重复的。在若尔盖的唐克，是有名的黄河第一弯，在那里拍照片的专业摄影家数以万计，然而我在著名探险摄影家吕玲珑的家里见到过一张拍摄黄河第一弯的作品，那是没人比得了的。画面气势恢宏，静静的水面下你能听出大自然倨傲的野性，天空的云朵诡谲多变，天光水色掩映着生命神奇的韵律。我曾向他讨过这幅照片，他爽快地答应给我制作一张大的。我问他以后还能再拍出这么一张精品吗——其实我这是废话，既然叫精品，就已含了其作品的不可重复性。果然，他用打量外行的目光看着我，说你看这云，这水面的光影，这周边的陪衬，能再来一遍吗？！

吕玲珑告诉我，他走完了藏区大大小小的寺庙。这走完不是绝对的，凡是能找到的庙门，他那双跨越江河、踏遍崇山峻岭的大脚就跨过。他说他所进过的寺庙，里面找不到一块空白的墙面，墙上都是各种故事的画面，太美了，用美不胜收来形容一点也不过分。

阿坝州的马尔康市过去有座老庙，毁于"文化大革命"，20世纪80年代开始复建，庙址原在河边，重建的庙子移到了山腰，画壁画时我去看过。那天，上午阴下午晴，我是午饭后登山的。那会儿的天光界于阴晴之间，舒服极了。山路不太陡，有土路有石阶梯，大概是我太胖的缘故，别人走半个小时，我却用了一个多小时。走走停停到达庙门前，稍稍喘了口气后，我走进新修的大殿。大殿里有两个老喇嘛带了几位年轻僧人正在画大型壁画，我的出现引起他们的注意，因这时的来访者就我一人，在红色的袈裟中，我那身休闲装比较打眼。

我上前几步，掏出衣兜里的红塔山香烟，给他们每人敬了一支，还用打火机一一替他们点上。这几个喇嘛都是来自农区的，是嘉绒藏族，我用嘉绒藏语告诉他们我是专门来看作画的。一个老喇嘛问我，你懂画？

我说我只会写文章。

他说那你看画……

我说藏传佛教的画与汉族地区的画不一样，神秘又神奇，我只看过画唐卡，画大型壁画还从来无缘见识。

老喇嘛懂我的看画用意了，我不仅仅是猎奇，更是要探其神韵。

抽完烟，他们开始工作，一门心思扑在宽大的墙壁上，随我自己任意观看。

他们作画很不容易，而且是完整地在完全空白的墙面上进行首次创作更是不容易。那几年我也走过不少寺庙，几乎都是补遗填缺的，要么由于烟熏火燎或日晒雨淋使画面黯淡或退化，画师们在原有的格局上依样画葫芦地填注颜料。马尔康喇嘛庙的新建无疑给了我难得的机会。画之前的墙壁打磨得非常光洁，墙面是白色，老喇嘛直接用淡墨在墙面起稿，顺序是先人物后背景，初稿形成后，两个老喇嘛开始给人物着色，人物着色完毕，再开始画背景。单从构图来看，画面丰满，与内地禅宗寺庙的壁画不同，内地寺庙上的壁画笔调的随意性较大，趣味性的画面充填画间。从技巧上看，两个老喇嘛画的大场面根本就不管透视效果，而是用俯瞰式的散点透视，几个画家朋友对我介绍过这种画法，他们说藏传佛教的绘画技巧是典型的东方绘画构图的传统技巧，只要是为了突出主题，所有的绘画手段均可选用。

藏传佛教的壁画和唐卡与其宗教和民间作画的主要区别在颜料的选用上。两个老喇嘛中的一位把我带到专门制作颜料的一个小房间，里面堆放着很多原料。老喇嘛告诉我，藏族人作画的原料里，矿物质居多，像石青、石绿、土红、朱砂、金粉、银粉等都是主要原料。他说很多古老的寺庙里的壁画和那些保存了几百年的唐卡之所以隔了那么久都不败色，画面鲜艳如初，就是这些矿物质颜料的功劳。

我看过有关如何制作颜料的文字，书上讲，矿物质的颜色不透明，遮盖力强，经得住岁月侵蚀。在绘画时，为了使画面达到凝重饱满的色彩效果，在使用上述颜料时还要适量地掺入鸡蛋清、骨胶、牛胆汁等东西，调和均匀，加强颜料的柔性和光洁度，由此绘制的画面构图饱满、色泽艳丽沉着、线条勾勒流畅生动。

颜料房里，几个小喇嘛在老喇嘛的指导下，细细地研磨着那些矿物质，他们工作非常认真仔细，把不同的矿物质粉末在一个小箩筛里小心地筛过，把筛剩的粗渣进行再次 磨，周而复始。从小喇嘛们的眼神里我瞧出自信和神圣。为自己所崇敬的事业劳作，是不会有任何怨言的。

还有一件令人惊叹的事。

画家们进行创作时，都要先收集素材，即出去采风描下素描，然后进行绞尽脑汁的构思，成熟了，再进行创作。在完稿前一般都要修修补补地改上很多次，才能最终形成一件作品。而老喇嘛画画是随手描摹，他们下笔准确，最多在个别线条上做些小的修正，画成后便不再修改。两个老喇嘛各站一方，落笔成形，所绘的佛像，容颜生动，四肢不僵，简直太妙了！两个老喇嘛的技艺堪称一绝，那一尊尊西方极乐世界的至尊们早已在他们心中生根，他们在框好的空间准确无误地绘上不同姿态、不同表情的各种佛像。

我在山上盘桓了整整一个下午，所获甚丰。世间有很多需要你去探秘的事物，如果从书本上去了解，总有走入误区的时候，如果是听大师之类的人物讲述，在某些关键地方常常会令人产生模糊的概念。要是你对你所要了解的事物进行直观感受，那就会少走很多弯路，让你直接接触到事物的核心部位。对寺庙里的画，我过去浏览过很多，对其形成过程，除了读资料，就是听人讲，似懂非懂，不甚了了。

记得是又隔了十来天，我再次上山，在门口迎头遇见老喇嘛中的一位，他对我神秘地笑笑，说快完工了，进去看看吧！

一进大殿门，我顿时目瞪口呆。大殿里，经堂里，还有那些转角廊栏处，那么多的空白，用数字去表示，起码该有上万平方米吧，短短十多天居然就完工了。

当我走进大殿，恍然感到自己想远了。老喇嘛所说的快完工是指十天前开始画的那壁墙。

走近那壁最大的墙面。

墙上的佛教故事已基本画完，在老喇嘛的细心指导下，几个年轻喇嘛正在用金线勾勒细线条。整个画面显得雍容华贵、富丽堂皇，既有工笔画的细腻，又有油画的距离感。远观气势恢宏，近看笔法纤巧。

我曾问老喇嘛，所描绘的人物是否个个都有原型。

老喇嘛想了想说，佛祖释迦牟尼的佛像是不能随便乱画的，过去有本书叫《造像度量经》，自古以来佛祖的像就是照着书上规定的尺寸制绘的，那些尺寸是佛祖交代弟子记下的，是真正的佛祖像。

老喇嘛的说法同时使我明白了全国寺庙的如来佛为什么都是一模一样的原因。当初，如来佛早就为自己今后的画像定了调，他老人家是佛祖，没有人敢亵渎。

至于其他菩萨，诸天王和力士，还有明王和白度母、绿度母等神界主要神圣，老喇嘛说虽然也有规定，然而历代匠人们在不改变原型的前提下，在设计表情时，他们或多或少都会适当地融入自己的感受和情绪，使画像更具灵性，生动多趣，而画众多的罗汉，在技巧和具体临摹中更具开放性。

老喇嘛这一说提醒了我，我用墙上的罗汉像来对照现实中的人，就发觉好几个罗汉的相貌就与现场的几位年轻的小喇嘛极像，那眼神，那眉头，那嘴和鼻子，似乎就是小喇嘛们跳进了画中。当时我产生一个想法，认为这一现象说明个问题，即是说长期以来，有不少工匠的脑海里涌动着创作的巨浪，他们渴望走出前人设计的框架，或许期待能以自己的名字出现在通过独立思维创作出来的美术作品中，纯粹属于个人的美术作品，然而他们都不敢僭越历史沿袭的规矩。在漫长的历史岁月中，他们是神圣的悲剧式人物，他们远没有今天的年轻人幸运，今天的藏族青年中执着于美术创作的人，可以自由地在自己的民族以外寻找老师，可以自由地选择美术创作的形式，像雕塑，像油画，像国画，在无限的空间里，发挥自己的聪明才智，朝全国第一、世界第一的巅峰攀登。当然，这并不是说藏传佛教的绘画就没人传承了，年轻人中有一部分依然追随那些又是喇嘛又是艺人的僧人学习绘制佛教图案的精妙绝技。

又一段日子后，我到青海出差，顺道参观了几座规模不一的寺庙后，意识到自己以前的想法也有一些偏颇。过去到寺庙参观时总是走马观花走一遍，对佛教艺术感兴趣也是近几年的事。那年，在青海的一些寺院看壁画时我又有了新发现，发现历代工匠们作画也不全是全方位地依样画葫芦。在那些大型的主体画像的背景上，画了很多属于现实主义画派的作品。之所以称为作品，在画法上明显可以看出属于自由创作，完全是工匠们自身对现实生活的感受的画面再现。在这方小土地上，他们完全摆脱了传统的束缚，自由自在地描述着自己身边的人和事。画面真实，没有虚幻的东西，那些骑马射箭、追鹿逐豹的狩猎者，那些信马由缰、牧牛放羊的牧人们，那些高唱草原民歌、脸上洋溢丰收喜悦的挤奶姑娘，还有琐碎的生活细节和动人的生活场景，给人的感觉是非常亲近的。在我们的身边，每天都生活着这样的父老乡亲。

在藏域的美术历程中，由于地域的相异和接受外来文化的不同，形成了三个较大的派别，一个是以江孜人为主体的江孜派，江孜县距国界线很近，紧紧毗邻印度和尼泊尔，在佛教传入西藏的历史中，江孜是重要途径。江孜人在佛教文化的接收和融合上，就难免在风格上偏重于印度和尼泊尔遗风。在江孜的白居寺，可以强烈地感受到画面和雕塑中人物的写实技法，那些罗汉的雕像比例如一，面部表情上显露的心理表现非常微妙。另两派是门当派和青孜派，这两派在其画或雕塑上体现出颜色的强烈对比，他们所用的色彩艳丽非常，其中门当派还喜欢用金线在黑色底面上作画，门当派是流行于当地的绘画主流。

在青海，我还了解到那里的同仁县五屯乡是藏画之乡，那里的同胞百分之九十以上能画善雕塑，他们的作品风格细腻艳丽，他们画的唐卡和其他美术作品除了在藏区流行，还远销到东欧和南北美洲。

而唐卡，在整个人类社会中，唯有藏族独树一帜。

唐卡是藏语，意思是平面画，也是帛画，它在藏传佛教中是最为普及的宗教艺术品。

唐卡到底源于何时，说法各一。

有说法说古代的印度有种叫“钵陀”的绘画，是用袈裟的底布条幅画佛像，据说这就是早期的唐卡。

还有种说法是讲松赞干布和文成公主结婚后，开放的局面吸引了印度、尼泊尔和中国的中原文化。这三种文化同西藏本土文化融合在一起，于是在西藏艺术的天地间出现了有史以来最辉煌的局面，寺庙的建筑也得到了空前的发展。

而在相继建成的许多寺庙中出现了不少空白处，急需许多装饰来填补，而装饰中最好的东西是具有美观画面的作品。五世达赖喇嘛罗桑嘉措曾写过一本书，叫《大昭寺目录》，书中记载法王松赞干布用他自己的鼻血画了一幅白拉姆女神像，这幅画像被果竹西活佛在塑白拉姆女神像时装在了白拉姆佛像内。据说唐卡的兴起就开始于松赞干布的这幅画。

唐卡兴起后很快就蔓延了整个藏域，每座寺庙、每个村寨都有大量的唐卡存在。说到唐卡，我想起了教我藏文的老师，以及他与唐卡的故事。

由于离开了藏区到汉地工作和生活，很少使用藏语了。像我和阿来、色波等藏族人，在一起也是用汉语交谈了，所以也就忘得差不多了，但教我藏文的老师我却一辈子也忘不了。

老师是个喇嘛，从小就进入理县寺庙，当年的佛塔于战争，当时的前因后果他都非常清楚。老师叫阿底喇嘛，人们也叫他包喇嘛。他教我们学藏文时我们又叫他陈老师。这陈姓大概是他教书时自己或领导或同事取的，大家都知道，藏族人取名是以意义为主，以自然万物或吉祥的寓意取名，而且姓氏不像汉族那样传承，说不定几代人以后的子孙会取与祖辈同样的姓名。而且藏族人取名是到寺庙请活佛或德高望重的堪布之类的喇嘛取的。在农区的嘉绒藏族人取名，有的地方还以房名作为姓氏，农区的房子都要取名的，也是请喇嘛取，寨子里的人向外面来的人介绍寨子里的其他人时，总是先以房名打头，说这是某某家的某某某。

而我仍习惯称他为陈老师，陈老师当过堪布，那在寺庙里是较高的职务了。在陈老师的历史中有过一次曲折的爱情经历。

说来惭愧，我知道他老人家的隐私还是在“文化大革命”中。在那个疯狂的年代，陈老师理所当然地成为牛鬼蛇神，也就是人民的对立面，我父亲也没逃脱厄运。陈老师在新中国成立前夕参加了地下党，是在县城后面的山洞里宣的誓。而且在复杂的斗争形势中，地下党组织派他们去杀过一个向国民党县党部告密的叛徒，于是罪名成立了，冒充地下党兼杀人越货的土匪。父亲和陈老师与众多的“坏蛋”被关在一个大房子里，他们都是教育系统的“坏人”。

那天，我去探视父亲，正巧遇上陈老师病了，病得很厉害，浑身发着高烧，满嘴起泡，眼神也黯淡了许多。是我父亲竭力与造反派们交涉，说再不送医院，陈老师就有生命危险。

造反派们也怕死人，虽然死的是专政对象，也会平添很多麻烦的。父亲背着陈老师进了医院，并用自己的钱替他付了药费。我陪着父亲在医院守候陈老师。住了两天医院，吃了药打了针，陈老师好多了。那天我很突兀就问起了陈老师的伤心事，连父亲向我递眼神也没能阻止我。后来我也很后悔，但说都说出口了，那是收不回来的。

那时我才十多岁，还是没长大的娃娃。陈老师摸着我的头沉默了半晌，他那布满血丝的眼睛里渐渐涌出了眼泪，嘴唇也开始微微抖动。我当时有些害怕，是不是我的问话伤着这位慈祥而孤独的老人了？

父亲责怪了我几句，被陈老师挥手止住。他老人家长长地叹口气，向我们说起了那段伤心事。陈老师的神情里充满了深情的追忆，他说他是外出念经时认识那个女子的。

女子名叫哈斯基，刚结婚就死了丈夫，是父母亲请了阿底喇嘛，也就是陈老师去念的经。陈老师领着几个小喇嘛到死者家念经超度亡灵，共念了七天经。这期间，陈老师同哈斯基说过话，他非常同情姑娘的遭遇，结婚两个月丈夫就突然死于疾病，将来的日子该是什么样的，对她来讲还是个迷茫的未知。

一来二往，他和那女子熟悉了，哈斯基给陈老师说她是山那边胆扎木沟的人，家里有兄弟姐妹七个，她是老五，父母亲不怎么喜欢她，所以刚满十四岁就把她嫁了人。她以为嫁了人后生活会变个样子，没想到丈夫那么快就死了。

陈老师也就是和哈斯基说了些家常话，也没过多的情感投入。事情突如其来的变化发生在二十多天后。

陈老师说他那天讲经讲得很晚，回到家后睡不着，于是到外面散步，在一条三岔路口陈老师碰见了哈斯基。陈老师说那会儿的哈斯基，蓬头垢面，浑身脏得一塌糊涂，而且脸上还有一条一条的伤痕。哈斯基见了陈老师，膝头一弯就跪了下去。陈老师说他把她带回家，给她洗了脸，在伤处敷上药。哈斯基哭诉了自己的遭遇。她回到家里，父母亲却觉得她是个霉星，长期留在家里会招灾的。父母亲找人到处说媒，有些有想法的男人一听说她克死了本来很健壮的丈夫，于是立刻作罢。好不容易终于有个守磨坊的人答应娶她，并很快送了五十个大洋的聘礼。哈斯基偷偷地去看了看那个守磨坊的男人，不看还好，待她看清楚时差点作呕。那个男人起码有六十岁，脚是跛的，一只手有残疾，只有两根手指，而且不能弯曲，脸上从左眉骨处到右耳根，一条醒目的伤疤斜斜地拉下，左眼有眶无珠，整个面容狰狞可怖。哈斯基认识这个老鬼，年轻时是个杀人越货的土匪，一次内部分赃不均，被内伙子用刀砍拿枪打差点死掉，捡回一条命后，人就成了怪样。

陈老师听了哈斯基的讲述，唏嘘不已。他已明白了，哈斯基是逃婚逃出来的，亏她想得出，到寺庙里来找他，而且那么巧刚到庙门前就碰上了他。哈斯基哭着要陈老师救她，她说她一旦遭到拒绝就只有死路一条。

寺庙并非一般场所，特别是妇女更不能擅自闯入，寺庙像密宗室、活佛的住所更是不准妇女踏进半步。陈老师说他当时为难极了，可他心底潜在的善良却不容许他拒绝姑娘的求助。

陈老师说他留下了哈斯基，他的房间下有个储藏东西的地下室，就在地下室里给她安了张床。没想到这一藏就没个完了，一藏就是几年。哈斯基躲过了父母亲的追寻，她却对阿底喇嘛产生了感情，不愿走了。陈老师拿她没有法，始终也没能想出个安置她的妥帖办法。时间一长，陈老师反倒怕她稍有不慎会让庙里的其他人发现，那么一来，会彻底坏了他的名声。两年的光阴就那么过去了。陈老师说，有天夜里，他在灯下认真打量一番哈斯基时，被她的姿色迷住了，两年后的哈斯基完全长大了，在陈老师处不愁吃住、不操心过日子的生活，让她发育成熟，女人的魅力彻彻底底地展露出来。那晚，哈斯基终于迎来了久盼的甘露，陈老师也尝到了做人的另一番滋味儿。白天，陈老师讲经去了，哈斯基就从地下室到地面，从窗子里看看碧蓝的天空和金色的太阳，她多么想出去痛痛快快地晒一晒啊，可她不能，只要她走出这间屋子，她和陈老师的生活就将画上句号。

哈斯基在地下室里生了个小孩，是陈老师用剪刀剪的脐带，并在当夜用一方氆氇把孩子包上连夜送到山下，放在一户人家的门前，也不知道孩子是死是活。荒唐的是慌乱中的他居然连是男是女都没瞧清楚，弄得哈斯基一个劲儿地怪他。

陈老师的行为，我想我们不能简单地归结为心术不正。最初是他的侠义心肠从火坑里救出了哈斯基，在以后的光景中，他老人家处于一种两难境地，他不能明目张胆地四处去找能安置哈斯基的地方，藏在家里他又随时怕被发现，堪布出个关于女人的丑闻非同小可，除了会在佛教界引起非议，而且在民间也会遭到种种对他不利的说法。传统习惯，一旦男女之间有了事，民众的贬低总是向着女人倾斜。在与异性的长时间交往中，从最初的同情和怜悯过渡到相互理解然后相互倾情，按照人性的兼容性来说，陈老师应该这么做，他有神的精神，却是人的肉身，他也有七情六欲，何况天上的神仙也常为情色所困。佛家讲慈悲为怀，陈老师是佛家的传播者，从来就以一切向善来普度面对的各种生命，按道理他应该起到表率作用。陈老师的所为，其实正应了佛家理念。如果他长期面对诱人的秀色还依然铁板一块，反倒不正常了，最容易令人理解的是生理衰竭。

哈斯基在地下室住到第六个年头，理县就解放了。陈老师到县政府参加僧人学习班集中学习时，土改工作组的人终于发现了哈斯基。哈斯基皮肤白得泛青，上面还长了细茸茸的白毛，那是长久未见阳光的原因。这件事穿帮了，工作组在了解到事情的全过程后，都非常同情哈斯基和陈老师，一致认为是万恶的旧社会对纯真爱情的残酷迫害，经研究后，允许他们成为夫妻。对于新社会的新生活，寺庙里的喇嘛们尚处于懵懵懂懂中，不知道往后的生活到底是怎么回事，对陈老师金屋藏娇的违规行为他们见工作组都已经认了，就不敢再考虑什么惩罚措施了。

没想到哈斯基少了福分，本该堂堂正正地为人妻的时候，她得病死了。几个老中医的说法各一，有说她在地下室待得太久，少了阳光营养身子的缘故；有说太兴奋了的缘故……不管怎么说，总之她是死了，当时随军来的医生说她死于病菌感染。

用今天的思维去分析，军医的说法应该是正确的。

自从哈斯基死后，陈老师一个人孤独地过着日子，也有人给他介绍女人，他都婉言谢绝了。后来米亚罗成立学校，陈老师被聘去当了藏文老师。他再也没到寺庙去过，但他没拒绝佛教，闲时，他打个盘腿坐在床上，微微合着眼睑，从箱子里拿出伴随他几十年的佛珠，一个人数着佛珠，常常念经到深夜。

"文化大革命"后期，陈老师被遣返回原籍，那里是一个临江的小寨子。寨子里的乡亲一点也不为难他，他愿意劳动时，就随他自己的意思想做什么就做什么，家家的田地他都可以去种；不想劳动时，也没人去监督他，倒是谁家有了红白喜事，总会偷偷地请他到家里去，找个清静的房间好吃好喝地侍奉他，只是请他念经保平安。他从不端架子，每请必到，去了肯定会认真念经。上级领导来检查工作，问到他的表现，村里的村干部们，那时叫大队支书和大队长，都说陈喇嘛从灵魂深处到劳动表现都改造得很彻底。也有外地来的"红卫兵"专程来揪斗他，"红卫兵"们到了时，寨子里已经开始斗他了，一个现搭的台子四周让本地人围得严严实实，"红卫兵"们根本就挤不进去。“红卫兵”们在寨子里连水都喝不到一口，待不了多久就走了。“红卫兵”前脚一走，马上就有人扶着陈老师回家。

“文革”结束后，陈老师落实了政策，补发了近万元的工资，由于他老人家也快满七十岁了，就办了退休手续。

退休后的陈老师依然住在乡下，除了领工资到县城走走，平常他从不外出。

我参加工作后受父亲之托去探视他，他住在侄儿家，侄儿是生产队长，在当地很有号召力。老人家图清静，侄儿根据他的意愿，把他安排在楼上的房间。楼上房间只占一半，另一半是房背，视野开阔，看着层层叠叠染绿的田野，看着炊烟袅袅的寨子，陈老师会强烈地感受到大自然的美。我是搭一辆拉木头的解放牌大货车去的，顺江而下，心情格外舒畅。也就坐了个把钟头的车，司机就刹车了。司机扭过头对我说，索郎老师，到了，就在河那边。

司机和我道了别，拖了一路烟尘离去。他那车木头要拉到简阳交货，还有好几百公里的路，够他跑的，凭劳力挣钱还是非常辛苦的。

河上有座索桥，走在上面晃晃悠悠的，别有一番韵味儿。我走进寨子，问了路，很快就找到陈老师的家。陈老师的侄儿一家都不在，大人下地里劳动去了，小孩读书去了。我从堂屋的楼梯上到楼上，见陈老师正在画什么，我怕我的突然出现会惊扰了他，尚在楼梯上我就轻轻地叫了一声。他转过身子见是我，非常高兴，把他积下的好吃的东西全端了出来。我把父亲要我捎来的十斤菜油放到墙脚，突然间，我发现我进入了画的世界。墙上挂的，床头上靠的，甚至晒衣竿上挂的全是唐卡，我惊讶地问陈老师，这些都是你画的？

他笑眯眯地点点头。他说他年轻时到过拉萨，到过江孜，还到过青海的几个寺庙。除了观瞻大庙的风采，主要是学画，前后拜了三个大画师，学了很多绝妙的画法。

那些唐卡，色彩艳丽，人物生动。他画了很多佛教的故事，也有民情风俗。从他细致而毫无保留的叙述中，我了解了唐卡的基本画法。唐卡用的颜料与画壁画的颜料大同小异，除了金银、珍珠和我叫不出名的带色的矿石，还有不少各种颜色的树根。陈老师说这些树根要泡要晒，要蒸要煮，要把握火候，耐心地熬制才能制成颜料，所有的矿物质则要细细地反复研磨，制作颜料是关键，颜料制不好，画就等于败了一大半。

为了满足我的好奇心，陈老师当即拿出一个木框，木框上绷了块白色的丝绸，他告诉我，这块绸面上先用骨胶和滑石粉调成的糨糊抹了一遍，然后用光滑的、没有棱角的石子磨平磨亮，做唐卡的布料都要这么处理过。在上面开始作画时，他先用木炭起稿，勾勒出大致轮廓，然后才进一步着色细描。他运腕柔绵，笔法娴熟。半个多钟头过去，他想要画的人物已跃然绸面。我是一万个没想到啊，我从小就认识、熟悉的陈老师，身上还藏着这手绝活儿。那么多年，从没看他画过，技艺却一点都没有生疏。

也是他老人家给我解开了这道谜，他说他从来就没停止过画唐卡。过去很多时候没有条件，什么材料都没有，更谈不上在绸面上画。没笔没颜料也没有画布，这些困难没有什么了不起的，难不倒他。他用手指头在地面和墙上到处画，在河边劳动时就在沙子里画，只是没人能懂得起他在画啥，他画好的画面都在他的脑袋里装着。

陈老师接下来又让我吃了一惊，他从床下拖出一个皮箱，打开箱盖，里面全是卷好的唐卡，当他把这些唐卡全部展开时，我说不出话了。这些画面，一个接一个的故事都是他和哈斯基共同演绎的爱情故事，因为我听陈老师讲过他和哈斯基的故事，所以对这些画面就有种相识的感受了。

我看着眼前的几十幅唐卡，胸腔里却翻滚着滔天巨浪。人间的爱，到了这个份儿上，再也找不到比这更尊贵的东西了。

我的视线渐渐模糊……

陈老师的眼里也噙满了泪水，我听到了他发自内心深处的呼唤……

看得出，这批画上凝聚着他无与伦比的心血，画幅四周都用上等绸缎包裹，上下都用檀香木做的轴，画面上还蒙了一层半透明的薄丝绸，木轴两端还垂有两根装饰用的锦缎带子，太美了！

得感谢父亲的催促，那一趟探望陈老师之行我的收获太大了，从那些感人肺腑的故事中，从陈老师数十年如一日的感情中，我读出了一种为世俗所不容的真爱。

辞别陈老师那一刻，我心里非常难受，老人家这一生到底为了什么？他从来没有过任何怨言，就是挨斗挨打那些年月，白天受尽侮辱，夜晚睡觉依然香甜，从来就没有像其他人那样长吁短叹。记得一个整过他后来又被其他造反派打下马的骨干问他，陈喇嘛，你挨了打还能睡得心安理得？陈老师当时的回答很妙，他说，该你挨打的时候你要是躲过了，山上的石头也会补上的。

哈哈哈！

陈老师一直送我到桥头，直到我过了河，登上车，他老人家都还站在对岸望着我。老人家的腰有些佝偻，我看不清他的脸，但我知道他的表情一定非常安详。

唐卡在历史中所用绸缎都是高级绸缎，有相当部分是明、清时代的宫廷所赐的，产地都在 南一带，质地非常好。唐卡除了描绘，也有用刺绣、织锦、缂丝、贴花等多种技法制作的，甚至还有用大量珍珠金线连缀制成的，其工艺之精绝，世间少有。

历史中的著名唐卡，在当今世界上享有东方油画的美誉，其价格高得惊人，极少数的精品，足以与西方国家的名画齐名。

唐卡在世界艺术领域独树一帜，无可替代。

佛曲：传播最广的音乐

音乐是人类的挚友。

刚刚摆脱最原始状态的人类，在劳作中，在灾难中，在喜悦中，在悲哀中，都会由衷地发出颇有韵律的声音，那就是音乐的雏形，那时的音乐仅仅是人类情绪的附着物。在漫长的人类自身进化中，音乐也逐渐成熟，佛教音乐也是如此。

在内地，佛教的音乐早已有之，一般都称之为佛曲，即佛经再配上乐曲进行歌咏。《西河语话》上讲，佛曲在隋唐年间就有了。有名的唐乐府中就有《普光佛曲》《日光明佛曲》，还有《释迦文佛曲》《妙华佛曲》《大妙至极曲》《解曲》《苏密七俱佛曲》《日腾光佛曲》《弥勒佛曲》《迁星佛曲》等近百首佛教曲调。这些佛曲在历朝历代的内地各大寺庙都能演唱，条件好的，还要配以芦笙、竹笛、古筝演奏，每到寺庙的大型庆典活动时，鼓乐齐鸣，百僧唱曲，场面非常壮观。

在小规模的佛事活动中，一样离不了佛曲的演唱，只是在规模上有所区别。

而藏传佛教的佛曲与内地的差异就比较大了，僧人一般不唱，大型佛事庆典活动中，都是器乐壮声威。

参观过寺庙庆典的人都见过，稍大的寺庙都有自己的演奏队伍，每当庙会或高僧的丧葬活动，以及新活佛的入座大典，周围的百姓都会自发地前往参加，那时的僧侣们，表情严肃，每个人都怀着由衷的神圣感，全身心地投入到活动中。时辰一到，莽号震耳欲聋地吹响，鼓乐齐鸣，在活佛的带领下，雷鸣般的诵经声贴着地面嗡嗡传来，庆典即将进入高潮。

想想看，所有的庆典活动一旦没了这些金光闪闪的器乐，场面一定会冷清不少。

在藏域寺庙中，有种骷髅鼓，也叫嘎巴拉鼓。顾名思义，该鼓既然叫骷髅鼓，当然就与人头有关。最初我听见这个名字时也禁不住毛骨悚然、背心发凉。那东西要是放在屋里，恐怕夜夜都难免噩梦降临。其实你如果把自己的视野放宽放大，把人体融入广大的自然中，就不会感觉到恐惧了。

骷髅鼓是两块人的头顶骨，也就是由具有弧面的那一块制成，用一种特殊的黏合剂粘牢，然后在上面蒙上鞣制过的猴皮，左右悬有骨坠。鼓的下端有个骨质小手柄，上面饰有丝绦飘带。其实仅从外观看骷髅鼓，根本就看不出这是人的头盖骨所制，倒像是精心制作的艺术品。

曾经有个老喇嘛给我介绍过骷髅鼓的用途和讲究。他说按照密宗的经典所要求的，密修男女双修法所用的手鼓，必须要用童男童女的头盖骨，童男要十六岁的，童女要十二岁的，制法与其他手鼓制法一样，同样要蒙上猴子皮，在鼓的左右两侧还要绘上八莲瓣，莲瓣上要画上雅布尤姆佛，藏语“雅布”是父亲的意思，“尤姆”是母亲的意思，整个意思就是父母佛，也称“双身佛”。

用骷髅制作的手鼓在法会演奏时和金刚铃并用，是典型的伴奏乐器。不用时，即和铜铃、铙钹等并放在法师面前的小几案上。

20世纪80年代末期，在阿坝州的若尔盖热当坝大草原上，以贡唐昌大活佛为首的活佛们举行了一次十万之众的大法会，方圆数十公里的大草原上，上万顶各色帐篷犹如朵朵盛开的蘑菇，遍地都是穿袈裟的喇嘛和尚。

我和文化界的几个朋友从马尔康专程前去看热闹，在藏区，如此场面是可遇不可求的。

在一定程度上，大法会又是一定规模的商品交易会，吃的穿的，和各种具有藏民族特色的刀具、饰品随处可见，人们来自（四）川、（西）藏、甘（肃）、青（海）和云南等省市，新闻记者、摄影家、画家个个到处乱窜，他们只见遍地都是鲜花，就是不知道该采哪一朵，到处都是平常见不到的景致，一个二个撅着屁股忙得一塌糊涂。

大法会开始那一刻，谁也数不清到底有多少乐器在奏响，长达一二十米的大莽筒，每支都放在至少三个小和尚的肩上，在大法会主会场两边排了长长的好几排。吹莽筒的人牛高马大，膀阔腰圆，豹头环眼，个个都是中气充沛、气大如牛的角色，就这样的彪形大汉，吹莽筒时也挣得满脸通红、青筋暴凸。可以想象，要用多大的力气才能吹出效果。如果让我吹，我拼老命送出的气至多能走到大莽筒四分之一的地方，而且里面会有不少口水。还有黄铜号角，也是大法号的一种，藏语称为“然洞”，有三节的，也有四节的，每一节都在一米以上，平常不用时都供置在大殿的平顶上，每天都有小喇嘛擦拭。这些黄铜号角一旦吹响，声音比火车汽笛还传得远，十里左右都能听见。要是离得太近，耳朵会告诉你，什么叫听觉难受。这些号角在大法会的两侧也排得密密麻麻的，至于各种规格的鼓、铁钹、号筒、摇铃等数十种乐器更是数不胜数。

法会开始那一刻，号筒鼓乐齐鸣，惊天动地，连空中的云彩在器乐的轰鸣中也颤抖不已。

那种壮观是任何场面都没法比拟的，首先方圆数十里的天然大舞台在全世界都不多见，那么多的宗教乐器集中在一起，如果没有大法会的号召力，无论如何也是聚集不齐的。

震耳的乐声起到了出人意料的效果，那一浪又一浪的乐声让十万人群情激昂，人们相互感染着、欢呼着，心里的烦恼也忘得干干净净。

这种场面中，当然不是百分之百的人都对佛教崇拜得五体投地，但至少可以认为是绝大部分。因为藏民族是全民信奉藏传佛教的，不懂的人千万别问这种信奉有什么意义。对于信仰来说，它更多是一种精神需求，仅仅就信仰而言，它不需要必须要达到什么样的文化程度，不需要你加入什么组织，在形式上是自由的。

那天的大法会上，所有人的情绪都兴奋到了极点。那些艺术家们、政府官员们、工作人员们尽管对佛教还谈不上信奉，他们的热情同样在沸腾，他们是受气氛感染，就像一个从不跳舞的人一旦进入迪吧，在乐器奏出强烈的快节奏中，在闪烁的灯光中，面对全体随节奏而拼命舞动的人群，是很难控制住自己的，常常会情不自禁地扭摆自己或胖或瘦的身子。

呐喊有时是盲目的。

盲目中流淌自信。

在大法会的演奏队伍中我见到有个僧人拿了个形状奇怪的乐器，整个形状就像一根什么动物的棒子骨。这种乐器我还没有见过。僧人边演奏边兴高采烈地走着，我绕过人群，把那个喇嘛看得紧紧的，就像民警盯梢，只是跟踪者和被跟踪者都是好人。最后在一顶帐篷前我追上了他。那是个中年喇嘛，性格开朗，能讲汉语，有了这些前提，我就少了很多障碍。

他手里的乐器只有三十厘米左右，他告诉我这叫人骨笛。老天，又是一件恐怖的物件，它是人体哪个部位的骨头呢？

中年喇嘛说，藏语叫这种骨笛为“罡洞”，是用人的小腿骨制成的，此时，有个想法突然盘旋在大脑里，这人腿骨是取用的死人骨头还是活人的骨头？如是想法在我的头皮里左冲右突，在我强烈的压制下，这个非常唐突的问题我到底没有问出口。如果我提出这个问题，遭遇尴尬是肯定的。中年喇嘛还告诉我，他手里这支人骨笛，已经有上百年的历史了。

百年岁月，什么事都可能发生。

中年喇嘛用的人骨笛，有些地方包了银皮，上面还有几何图形的花纹。

大法会中，乐器是齐声演奏，根本就分辨不出哪支乐器会发出什么声音。我要求中年喇嘛吹吹，他爽快地答应了。

他这一吹倒不打紧，尖利刺耳的声音着实把我吓了一跳。

在众多的乐器中它可能会产生奇效，单独听实在是一种受罪，就像一个人被撕裂时因剧痛而发出的尖叫。

在藏区的寺庙里我还见到过各种敲打的鼓，有些是常见的，在内地的佛家寺院都能见到，而有一种就比较稀奇了。那种鼓叫内中曲柄鼓，它的鼓槌是弓形的，鼓的直径有一米，鼓下有一柄，诵经时都要用。用鼓的喇嘛左手持鼓柄，右手用曲柄的鼓槌伴奏，声音浑厚悠远，这种鼓在汉族地区是绝对没有的。

大法会的尾声掀起罕见的高潮。活佛们为一堆藏药念经开光，念经念到最后一天时，出现了奇迹，天上细雨蒙蒙，从遥远的山沟里，两道彩虹像两条彩龙缓缓升起，一头扎进药堆里。此时的各种佛教乐器进入舒缓悠远的演奏中，当最后一遍经念完，那两道彩虹从山沟里缩向空中，最后尽数收进药堆里。后来活佛们给这批药取名为“彩虹甘露丸”，其价值直线上升，豌豆大的一颗，居然可以换一头牦牛。

流传于雪域高原的还有种叫“谐青”的大型歌舞，主要用于各种大的庆典活动和迎接大活佛的转世灵童的仪式。据说这种歌舞源于松赞干布年代，在后来的历史进程中有所变化和发展，称谓也有所变化，最初变为“谐玛”，是由十六个少女表演；后来叫“谐巴谐玛”，人数增至男女各十六个；往后才叫“谐青”的。演出人数不得低于十六人，往上不限，内容更加广泛，其音乐内容有十分独特的藏族古代音乐特征和浓郁的乡土气息。整个曲调热情奔放、古朴动听，演唱形式有领唱、齐唱、独唱、对唱和念唱，内容包罗万象，服装道具古朴典雅，载歌载舞，很像西欧一些国家的古典歌剧，有故事有人物。歌词非常美，像日喀则的《拉萨河水》的歌词：

清清的拉萨河上，

有水鸟望久画眉。

望久画眉的歌声，

比唢呐还要动听。

拉孜地方的姑娘，

比那仙女还要美丽，

美丽姑娘的性格，

比羊毛还要柔软。

还有拉萨的婚礼谐青，像那首《鲜花的色彩》：

这朵鲜花是什么色彩？

这是一朵洁白的花！

它象征男子的心灵洁白又无瑕，

姑娘美丽赛鲜花。

这朵花是什么色彩？

这是一朵红色的花！

它象征男子精力正旺盛，

姑娘的情意比火热。

这朵花是什么色彩？

这是一朵红色的花！

它象征男子的心胸比天宽，

姑娘的才能比天大。

好男子走遍天下，

是消灭敌人的大英雄；

好姑娘在家中是能手，
保护家业抚养幼子的内当家。

好男子身上宝贝多，
在人间大地上显威风；
好姑娘比那孔雀美，
人群里她像那夜明珠。
吉祥动人的歌舞，
在这家中表演，
我们大家都来祈祷，
预祝家业大发展。

这些歌词代表了人们的愿望和要求，爱的内容是充实的，虚无的幻觉不能代替真实的生活，男女都是天下的主宰，我们大家在佛的保佑下，安居乐业过上平和的日子。

佛教音乐是众多音乐家族中一支神秘的队伍，人在愁闷时，如果有缘听到佛教音乐，立马就会产生远离凡尘的感觉。你若能从中悟出命运的不可逆转，便会心平气和地随时告诫自己，千万别超越前定的缘分，踏踏实实过好眼前的每一天。